天鹅凶猛

三个现实主义电影故事
OS 交叉剪辑
外/内 切 编剧
字幕 特写 闪回
以鸟瞰视角拉高
编剧 VO
音乐起
外/内 字幕 切
淡出
虚化
VO 叠
三个现实主义电
切-闪回
OS

新现实主义电影文学故事 二

薛亮 —————— 著

百花洲文艺出版社
BAIHUAZHOU LITERATURE AND ART PRESS

图书在版编目（CIP）数据

天鹅凶猛：新现实主义电影文学故事.二/薛亮著
.—南昌：百花洲文艺出版社，2023.4
ISBN 978-7-5500-4968-0

Ⅰ.①天… Ⅱ.①薛… Ⅲ.①电影剧本—作品集—中
国—当代 Ⅳ.① I235.1

中国版本图书馆 CIP 数据核字 (2023) 第 021300 号

天鹅凶猛：新现实主义电影文学故事 二　　　薛亮 著
TIANE XIONGMENG XIN XIANSHIZHUYI DIANYING WENXUE GUSHI ER

出 版 人　陈 波
责任编辑　杨 旭
装帧设计　文人雅士
出 版 者　百花洲文艺出版社
地　　址　南昌市红谷滩区世贸路 898 号博能中心一期 A 座 20 楼
电　　话　0791-86895108（发行热线）0791-86894717（编辑热线）
邮　　编　330038
经　　销　全国新华书店
印　　刷　廊坊市海涛印刷有限公司
开　　本　710 毫米 X1000 毫米　1/16
印　　张　14.25
版　　次　2023 年 4 月第 1 版第 1 次印刷
字　　数　227 千字
书　　号　978-7-5500-4968-0
定　　价　75.00 元

赣版权登字　05-2023-51

网址：http://www.bhzwy.com
图书若有印装错误，影响阅读，可向承印厂联系调换

关于本书

　　艺术家大都对生活和社会有自己的看法，并通过创作作品来表达这种看法。创作者认为有必要说些什么，这就成为艺术作品的一个观点。每件艺术作品都直接或间接地表达了艺术家的世界观。

　　编剧也不例外。

　　每个剧本都是关于某些"东西"的，它比表面的故事更深刻，它承载着电影的最终信息，它由一个主题和一种感性驱动。编剧越了解这个"东西"是什么，他就越能控制剧本，就越能操控人物和事件走向来获得观众的特定反应。在这种情况下，"操控"是一种手段。所有的编剧都希望观众在他们的手掌心里，并为实现这一目标而在技艺上付出巨大努力。尤其是撰写现实主义电影剧本的编剧，特别想吸引读者，激发读者的热情，让读者参与到陈述的问题中来。

　　那么，什么是现实主义？这是个重大而严肃的问题。我不能在一个故事集里深入探讨学术问题，我只简单表达几句我的看法——

　　现实主义电影涉及的领域全面而广泛，它所表达的人物、事件首先是真实的，但它不拒绝虚构。它有时抗拒电影类型化的陈规旧俗，以实现对现实世界新的、更真实的表述，但它同样也正在积累自己的类型化套路和创作范式，并且正在形成自身的通用术语，以服务于更真实、直观的叙事。现实主义电影的工作对象是事实，编剧不能不羁地发明情节点或人物弧线，而必须在现实生活的原始材料中找到它们。这是一个很高的要求。

　　另一个很高的要求是塑造人物。人物角色使现实主义电影具有深度，具有冲击力，具有记忆力。很多时候，现实主义电影故事是由角色推动的。事实和事件的影响力在于它们对角色的影响。情节的发展是角色对事件和事实的体验、反应及结果。观众们热衷于以人物为中心的好故事，人物为实现某个目标而克服巨大的困难，无论这个困难是外在的还是内心的。因此，我们需要创造或改编足够强大、有趣和复杂的人物角色来处理现实主义问题，让他们的反应和行动自然展开。这样，故事中所提出的问题才会与观众自然而然产生联系。

关于现实主义电影的创作，关键是树立"问题意识"。许多问题亟待被发现，而且有时候问题多于答案。编剧需要花时间思考这些问题，根据自然和经验的不断变化，以自己的方式寻找、感受并确定答案。这很重要，因为你的写作就是你的，不是别人的。你发现的问题及找到的答案，都来自于你的知识面和创造力。

编剧（电影叙事者）工作，这是一个近乎实操又不是实操的工作——格式正确、体例严谨的电影剧本的阅读属性不如小说或报告文学，尽管字里行间也有文学性、语言美感，但终归它只是导演、制片人和演员等各工种的操作手册。剧组工作的内容围绕剧本中的设定展开，而只拿着剧本又决然无法完成剧组的工作。电影工作涉及一系列关于影片结构、观点、平衡、风格、选角等创造性选择，这决然不是一个人、一支笔能完成的。

剧本创作并不特指或只指写作。剧本其实是一套解决方案，是表达某个主题、价值观的解决方案。从这个角度思考，你会得到更多启发。编剧工作是一个概念生成并落地的过程，从提出创意的那一刻开始，一直到拍摄和后期制作。一部影片的"作者"是对影片的故事和结构负有主要责任的人（或多人），通常意味着多人协作。因此，斡旋与妥协是编剧在实际操作中必须具备的能力，某些时候，它甚至比写作能力更重要。

愿意阅读剧本的大众读者，你们一定是热爱电影又极富好奇心的人。你们愿意花时间阅读编剧所呈现的视觉故事，也一定期待看到在银幕上用画面和表演所展现出来的故事。然而，你们知道吗？编剧的工作在电影工业链上太过靠前，这意味着电影项目还不成熟时，编剧就已经在做大量工作了，随着项目的推进，"链条"上但凡发生问题，都会让项目夭折，让编剧先期的付出付诸东流，因而编剧比其他任何工种都要面对更多的失败，导致大量故事只能停留在纸面上。

"剧本是一剧之本"常被挂在资方口头上，然而这并不完全代表对编剧的尊重。编剧很多时候只是发言人，写字的人往往不是他本人。制片人或导演经常会要求编剧先写故事大纲，或者列出多个故事梗概，以供他们挑选。而这期间所有的付出是没有回报的。编剧常常被忽视、被误解甚至被歧视。

那么，我们为什么还要继续干这行呢？是什么让我们坚持下去？是什么让我们在面对狡诈的人心和黑暗的日子时仍旧能坚持不懈？

我们自发地写一部现实主义电影故事时，是带着信念去做这件事的。我们相信有些问题需要解决，我们围绕问题说话是必要的——我们构思故事、塑造人物、编织情节时很开心。我们在写作中体验到了真正的快乐，并深信我们是有价值的。

我们热爱创作故事的过程，因而不顾负面因素继续前行。我们始终期待，期待有读者对我们创造的故事产生共鸣。

本书收录的三个现实主义电影故事，是为那些相信英雄并不都是拥有巨大体魄或神奇力量的故事爱好者而写的，你们明白忍耐或坚守有时也是一种英雄力量。这三个故事也是为那些相信电影可以改变生活的人而写。

谢谢你们。

目录

天鹅凶猛

01

　　为了攫取暴利，心狠手辣的盗猎者老鬼带人在候鸟越冬期里，疯狂捕猎国家一级保护动物——天鹅。在鄱阳湖区最隐秘的地方，建造了天鹅"集中营"。

　　常年在鄱阳湖区生活的农民老黄（黄正祥）曾有多年打击盗猎的经验，但近年来由于忙着在外打工、照顾儿子，老黄逐渐远离了湖区。在湿地站站长张沐川的感召下，老黄回到了湖区，二人一道与盗猎者们斗智斗勇，冒着生命的危险、经历着殊死的搏斗……他们能否捣毁老鬼的"产业链"？能否还天鹅们一个安宁的鄱阳湖？

字幕：

鄱阳湖是我国最重要的候鸟越冬栖息地，每年来越冬的鸟类多达136种，国家一级保护鸟类9种，天鹅是其中最美丽的候鸟之一。但在盗猎者的疯狂捕杀下，昔日的"候鸟天堂"却变成了鸟类的"受难地"。

本片基于真实人物、真实事件。

2003年12月

○　外　恒湖（鄱阳湖子湖）　冬夜

静谧的水面随微风泛起阵阵涟漪，靠近水草处栖息着一对对白天鹅。在一片半人高的水草后面，大片天鹅聚集，结对的相互依偎，单身的三五成群靠在一起。天鹅夜间的视力很弱，少有活动，头埋在自己的大翅膀下，或者缩在洁白的身体一侧；偶有发出声音的，像睡着的人打呼，伴随着虫鸣声，勾勒出一幅宁静美好的安睡画面。

○　外　恒湖洼地　同上

特写：一只乳白色的鹅骨哨轻轻地放进某人的嘴里（看不清人脸）

突然一声清晰、尖亮的叫声响彻夜空，紧接着又是一声，仅仅几秒，鹅叫声此起彼伏，像是预警，有的随即踩水起飞，惊扰了一整片天鹅湖的安宁。

一声枪响，混乱的天鹅群里升腾起猩红血色的白绒毛，哀嚎声、翅膀拍打声四起，被击中的天鹅四周顿时飞起数十只，四下翻腾乱踩，惊起更多惊慌失措的天鹅，大大小小、前前后后几百只大鸟们沸腾了，顾不得翅膀乱拍而折断，也不管踩踏到其他水鸟或幼天鹅，只顾着飞上天逃离。不一会儿，像一架架重型轰炸机升空，天鹅群仓皇失措地飞离了这片危险的水域。

水面上浮起一只只重伤的水鸟、幼小的天鹅，在水洼里扑腾啼鸣。空中慢慢落下羽毛、水滴、草段……这时，几个人影从草丛里走来。借着月光，一个手提土制散弹枪的短发男人（大头，21岁）冲在最前，一边别枪，一边在水里划拉，他瞅准白色的一团双手猛抓，用力一提，一只肥硕的天鹅被拉了起来，软趴趴像根本没长骨头的长脖子垂在水里。

大头： 瞧这分量！这么多肉！怪不得飞不动！

小弟A： 大头哥，这大冷天咱蹲了一晚，一会儿回去能不能先吃一顿，我看你手里这只就够兄弟们的了！

话音刚落，小弟A就被一脚踹到水里。一个穿着连体防水衣的中年人（老鬼，40岁）一边吐烟一边骂，他胸口的鹅骨哨闪闪发光。

老鬼： 轮得着你吃吗？再废话就让你睡湖底！癞哈蟆想吃天鹅肉。

老鬼一边抽烟一边走开，清点猎物去了。

大头： （憋笑）癞蛤蟆想吃天鹅肉……

小弟A一边抹脸，一边发抖。听到大头奚落，气恼地干活去了。老鬼走到另一个小弟B身旁，看到小弟B手里捧着一只受伤的红嘴鹭鸟，一把抓到手里咔哒一声，鹭鸟脖子被掐断。小弟B满脸惊恐。

老鬼： （大声）记住，只要大鹅，这种不值钱的一律扔掉，收完换下一个场子。想发财的就给我麻利点！

镜头升起：

七个盗猎者弯腰在水里捞天鹅，像淘金者，他们贪婪地搜寻着。

血染红了湖水，只要是天鹅，不管是垂死的、刚死的统统被扔到大网兜里。

镜头继续以鸟瞰视角拉高：

恒湖在鄱阳湖中极小，几乎可以忽略不计。以老鬼为首的盗猎团伙把塞满十几只天鹅的网兜扔到马达船里，众人翻身上船，动作极为迅速。马达船迅速消失在夜里。

○ 外　湖面　夜

不开灯的马达船穿行在黑漆漆的湖面上，四望无光。船员们纷纷补觉，蜷缩在船舱两侧，而正中间，则赫然塞满了血色、白色相间的死伤天鹅。老鬼摸出一块表，上面的指北针摇摇晃晃，老鬼拍拍驾驶员的肩膀，船随即转向一侧。老鬼点燃一根烟，惬意地坐在一个塞了几只活天鹅的笼子上。

整条船像幽灵般行驶在夜里。

○ 外　湖区草场　夜

枯水期的鄱阳湖，草比人高。滩涂地不容易分辨。待马达船靠岸，老鬼弹掉烟头，拍拍驾驶员的肩膀，塞了两百，捶了昏睡的大头一拳，径自下船。睡眼惺忪的大头揉着眼睛，左一脚右一脚踹醒了众人，拉过一个小弟，二人抬着装了活大鹅的笼子下了船。其他小弟们吆五喝六地合力把大网兜抬上了岸。

○ 外　草场小路　接上

草场开阔地，停了五台小货车。老鬼被五个人围拢，手里捏着烟。待猎物被抬到跟前，把烟散给小弟，手一挥，除大头外的小鬼们纷纷退避，毕竟谈生意是大老板要做的事。

老鬼：烟也抽了，谈正事吧。趁肉还热乎，哥几个分分？

五个来收货的快步走到网兜边，开始分抢。大头站边上在一个小本子上做统计。每个收货的自备网兜，往里扔大鹅的时候，都是头朝外，每放一只用绳子在鹅头上绕一圈，将所有大鹅串成一股绳，方便清点，利于装卸。五个人很快完成了工作，在老鬼小弟的帮助下，顺利装了车。大头早已给老鬼汇报统计结果。

大头：老板们来结算了。快点吧。抢，抢的时候可没见你们这么磨蹭。

五人纷纷掏出现金，有的装在信封里，有的卷成一捆，有的乱糟糟从口袋里往外掏。一个穿着皮裤的老板凑上前，手里却没拿钱。

皮裤男：哥，你看现在查这么严，能不能让我们先出了货，再结算？

老鬼眯起眼，斜斜地盯着皮裤男三秒，没接话。看皮裤男满脸尴尬，又扫视其他人一圈。

老鬼：你们说。

皮裤男瞪一眼旁边的大胡子，要他救场，但大胡子怂，第一个把手里的钱卷塞给了老鬼。老鬼大概点点，装到自己口袋里。其他几个老板也纷纷把钱塞给了老鬼。

老鬼：对嘛！一手交钱，一手交货。老规矩说改就改？

大头叫了两个小弟，把皮裤男装好的大鹅，又卸了下来。皮裤男吓得脸发绿，赶快把信封塞给老鬼。老鬼不接。

皮裤男：哥，哥，我的错，我的错。您大人不记小人过！哥！您收钱！

老鬼：大头，看看钱数对不对？

大头：（根本没点钱）不对！

皮裤男张着大嘴不明白，突然意识到了问题，赶忙又掏出一把钱，一起递给老鬼。

皮裤男：哥，哥，是我算错了！

老鬼收下，皮裤男想赶紧离开。

老鬼：等等！

皮裤男战战兢兢。老鬼反而笑嘻嘻地搂住皮裤男，指着笼子里的活鹅。

老鬼：活的要不要来两只，能卖高价！

皮裤男：鬼哥，我就是给几家小野味饭店配点肉，他们买不起活的。况且活野鹅这么大个，扑腾来扑腾去，太扎眼，我们真的不敢运。您多理解理解……

老鬼：怂蛋！走吧走吧，再不快点你那死肉该臭了！

老鬼推了皮裤男一把，然后招呼弟兄们。

老鬼：兄弟们，来，发钱了！

众人欢呼着拥到老鬼身边，像野狗闻到了肉香。皮裤男屁滚尿流跑开。五辆小皮卡朝着五个方向驶离现场。

音乐起　字幕起　蒙太奇

○ 外　野外小路　接上

其中一辆小卡车在水洼遍布的乡间小路上颠簸行进。

○ 外　郊外县道路旁　接上

小卡车开到一辆早已等待的小面包车旁，司机合力把大鹅抬到小面包车里，盖上一层油布。小面包驶上县道，加速。

○ 外　某村　夜

狗吠鸡叫声中，小面包驶进村边的农家小院。趁天还没亮，人们一起卸货。皮裤男和一个小弟麻利地解开套着鹅头的绳子，抬进屋子里。

○ 内/外　房间/前院　夜

小弟熟练地将一只大鹅轻轻放进木盒子里，再铺上木板，伪装成隔层，上面撒上漂亮的玫瑰花瓣，再放一大排瓶装红酒，装好后，合上外盖，气钉枪钉死，外面扎一条贵气十足的金色丝绸带。二人抬起这一箱"红酒"穿过前院，再轻轻放到一辆红色宝马轿车的后备箱里，皮裤男则从司机手里接过一沓钱，红宝马油门一轰驶离。另一辆轿车随后开了进来。

○ 外　某国道　天边泛白

红宝马三拐两拐上了国道，极速飙了起来。

○ 外　城市公路　清晨

红宝马在红绿灯路口停下，并排候灯的一辆越野车里探出一个玩具天鹅的脑袋，一个小女孩胖嘟嘟的脸贴着毛茸茸的天鹅，富家小女孩。红宝马司机喷口烟，绿灯亮，车快速起步驶离。

○ 外/内　某高档饭店后门/停车场　清晨

红宝马一路开进一家高档饭店后门，停在距离后厨上货口最近的车位，后备箱盖弹开，两个服务员小伙抬着红酒箱走进后厨。

○ 内　酒店后厨　早

服务员小伙抽开盖板，另外几个服务员一人两瓶把红酒取走。两个小伙抬着"空箱子"走到后厨的某房间里。

○ 内　后厨隔间　早

小伙子把箱子放下后，随即转身离开。早已等候在房间里的大厨拉开隔板，取出大鹅，铺在操作台上。他扶起鹅头端详几下，顺着鹅脖子捋一遍，按压几下大鹅身体，还没有僵硬。大厨满意地点头。拎起旁边烧开的水壶，一股脑浇在大鹅身体上。

切

○ 内　后厨　接上

推开隔间门，大厨双手端着一大盘刚刚宰切好的鹅肉，鹅头摆在最中间，他走到灶台交给掌勺，一阵爆炒，油烟子升腾。

切

○ 内　饭店走廊/豪华包间　午

衣着精致的服务生端着一盘菜品快步穿梭在饭店走廊，他推开豪华包间的门，两女三男把酒言欢，服务生把铜镜般的菜盖打开，把摆盘精美、色香味俱佳的天鹅肉大菜奉上。食客们顿时围了上来。

○ 外　城中小街　晨

阵阵炊烟四处飘散，一个由三轮车改造的简易早餐车停在路边街角，炊烟便是由这里升腾而起。早餐品类不多，鸭肉卷饼、豆浆、酱鸭脖、小米粥。摊主是一个中年男子（老黄，40岁）和他十四岁的儿子（黄晓飞）。食客都是些赶早的或者刚下晚班的打工仔，大部分打包带走，也有些熟客就坐在旁边马扎折叠桌上对付几口了事。

老黄： 晓飞！过来！

晓飞迷瞪着眼睛凑了过来，显然没睡醒。

老黄： 昨天在哪家买的鸭肉？

晓飞： 啊？

老黄： （压低声音）你自己瞧瞧！

老黄把卷饼在煎锅里翻了个，铲子指着旁边装满鸭肉食材的盒子。晓飞扒拉两下，面露不解。

晓飞： 有什么不一样吗？

老黄： 下面的颜色是不是更深？

晓飞： 你放卤子了吧。记性不好。

老黄： 放屁了。来，你吃一口，尝尝坏没坏。

晓飞：我最不爱吃鸭肉了。

这时，来了顾客。

顾客：老黄，两个鸭肉卷饼，两杯豆浆。不放辣。带走！

老黄：兄弟，对不住了，今天鸭肉不够两份，只能做一个卷饼了。

顾客：什么情况，这才几点啊就卖完了？不对啊，你这鸭肉不是挺多的么？

老黄：不是不是，这次的鸭肉不新鲜，不敢卖给你们。你凑合下，豆浆我请你喝了，明天管你饱，怎么样？

顾客：嘿嘿，老黄是个实在人。

老黄把最后仅剩的两块鸭肉给卷在饼子里，打包了两份豆浆递给对方。儿子晓飞全程黑脸，端起鸭肉盒蹲在墙边闻，还想抓起一块放嘴里。老黄啪地扔过去一卷卫生纸，差点打翻晓飞的鸭肉盒。

老黄：你脑子坏掉了？

晓飞：要是真的馊了，我就找他去。

老黄：找谁？老王头？他不会卖你坏了的肉。你说吧，从哪家买的？

晓飞：我……

○　内　海鲜市场　日

名为海鲜市场，事实上天上飞的地上跑的河里游的，什么都卖。老黄使劲一拽儿子胳膊。

老黄：你怎么跑这儿买？谁告诉你来这儿买！

晓飞：同学告诉我的。说这儿便宜。我也想给你省点钱嘛。

黄晓飞带着老黄三拐两拐找到一家肉摊。这家店铺不大，摊板上摆着各式禽类，鸡鸭鹅鹌鹑鸽，看起来没什么问题。摊主热情地招呼。

○ 内　潘家肉摊　日

潘摊主：老哥来点什么肉？

老黄：（打量着摊板上的禽类）进去说。

潘摊主：（笑）老哥你先在外面挑，挑好了里面结。

老黄：我可不是来买肉的，（摊开塑料袋）还是里面说合适点。

看老黄讲规矩，摊主将二人让进去。潘摊主仍然堆满笑，看袋子里的鸭肉。

老黄：这肉昨天我儿子在你家买的，是馊的。

潘摊主捏起一块仔细研究，又看看老黄身后的晓飞。严肃的脸又笑了起来。

潘摊主：你不放冰箱，坏了怪我？

老黄：回去就放冰柜了，你卖给我的就是馊的！

潘摊主：（指指牌子）当面交易，一经售出，概不退换。食品安全可不是玩儿的。

老黄：就说退不退吧？

潘摊主：退不了！

老黄：那我举报你！

耿直的老黄站在摊前找到摊位号，掏出手机就要打电话举报。

潘摊主：哎！老哥啊，何必呢，你进来，进来。我跟你说，你可是逮了大便宜啊！

老黄：什么意思？

潘摊主：老哥，我没记错的话，小伙子要的是鸭肉，我问他，要不要平价换成这个肉，他说行。

晓飞点点头，老黄抠起一片肉，仔细端详。

潘摊主：老哥，我看你也是做生意的，不给你乱讲，这肉嫩，入口香，我这也是听你儿子说可以常年采买，我才卖你们的。这是——（压低声音）——天鹅肉！

老黄：什么！天鹅肉？

潘摊主：小点声！小点声！

摊主有点不悦，生怕别人听到。

老黄：天鹅肉？还是馊的！

潘摊主：没馊，真没馊！

潘摊主打开冰柜，提出一大袋子肉，肉片上结满白霜，他从袋子里拉出长长的一条。

潘摊主：看到没，鸭子有这么长的脖子吗？瞧瞧！谁骗你了。

老黄目瞪口呆，掉头就走，忽又转身，凑到摊主跟前，凶神恶煞般。

老黄：别人卖天鹅肉可都是天价，你为什么这么便宜？

潘摊主：这，这肉……

老黄：这鹅是被毒死的！内脏挖掉了，肉一时半会没卖出去，只能放你这儿贱卖！对不对吧！

潘摊主：对，对个屁！你瞎编。

老黄：瞎编？有本事给我看看鹅肝！你敢卖毒死的天鹅，你这是犯罪！不知道的人吃了这毒肉会怎么样你知道吗？上吐下泻，肌肉麻痹，心脏——

潘摊主：——滚滚滚！我，我们今天歇了。

摊主撵老黄走。老黄二话不说，拉着晓飞离开。

○ 内　海鲜市场走道　接上

晓飞满脸惊讶，根本无法相信刚刚发生的一切。老黄把塑料袋塞给儿子。

老黄：拿好，这是证据。

老黄掏出手机报了警。

○ 内　潘家肉摊　之后

两位民警赶来，还有一位穿着便服的人（张沐川，33岁）一道赶来。

民警A： 他说的你认吗？

潘摊主： 我压根不知道他说了什么！我不认识他！

老黄： 这是证据！他冰柜里还有！

民警A： 把东西拿出来！

民警B现场维持秩序，沐川认真地查看潘肉摊里售卖的各种禽类。他抓起一只红嘴鸟。

沐川： 有不少野生的。红角鸮。

民警A： 快点，把天鹅肉拿出来。

潘摊主垂着头拿出了天鹅肉袋。民警B拍照。沐川则盯着老黄。老黄露出了得意的笑。

○ 内　笔录室　日

老黄在记笔录，晓飞站在一旁，指出错字。沐川进来看老黄写。

沐川： 人们都叫你老黄，那我也叫你老黄吧？

老黄： 随便。

沐川： 小伙子你叫什么名字？

晓飞： （被老黄一把拉到身后）我叫晓飞，他是我爸。你是谁？干什么的？便衣？

沐川： （微笑）虎父无犬子！我是临水县湿地保护站的负责人。我叫张沐川。

老黄： 我报警，你湿地站的怎么也来了？

沐川： 是，我正好在派出所办事，听到有人举报卖天鹅，就跟着去了。

老黄嗯一声，继续埋头费劲地写。沐川笑眯眯地看老黄写的。

沐川： 新龙村的？

老黄： 嗯。（老黄没抬头）

沐川： 你们村大部分姓黄。

老黄：嗯，大家都知道。

沐川：跟你打听个人。

老黄：只要是我们村的，我都知道。

沐川：人们都叫他"水上飞"……

老黄一怔，抬头盯着沐川。

沐川：……这个人对鄱阳湖区的各个子湖了如指掌，传说中的千年鸟道、吊鸟山什么的，他闭着眼都能找到。

老黄把笔一扔，靠在椅背上，双臂环抱，仔细听沐川讲传奇。

沐川：……这几年却不知所踪，村里的亲戚朋友都不知道他跑哪儿去了，有人说死了（老黄瞪了下眼）——可是我不信，我就问问你，听说过这个人吗？

老黄：没听过。

老黄抓笔继续写，却心不在焉。

沐川：他的大名，你肯定听过——黄正祥。

老黄没反应，晓飞炸了。

晓飞：叔，黄正祥是我爹。你没搞错吧。水上飞？

沐川：老黄，你说说吧。

老黄：我是黄正祥，但不是你说的那个水上飞，听着像个贼。水上怎么飞？毫无科学道理嘛。我写完了，（大喊）哎，警察同志，我写完了。我能走了吧。

警察进来收了老黄的笔录。

沐川：老黄，听我说，鄱阳湖现在很危险。湖里无人区盗猎的人越来越多，候鸟快被打没了。

老黄：我就是一卖鸭脖子的，这些不关我的事。跟我说这些干嘛？这些都该是国家管的。

沐川：那你干嘛举报卖天鹅的！你还是看不惯！

老黄：关我什么事……我，我都写到纸上了。晓飞，走！

老黄头也不回地走了。晓飞却给沐川各种挤眉弄眼。

○ 外　街道　日

老黄情绪低沉，晓飞看起来乐呵呵的。

晓飞： 老黄！你给我说说！快给我说说。

老黄： 说什么，有什么好说的。

晓飞： 水上飞！

老黄： 我不知道！你长这么大了，什么事都办不好，让你买肉，你买的什么肉。明天也开不了张了！

晓飞： 你是水上飞？

晓飞嬉笑着跑开，边跳边张开手臂飞。

老黄： 再说老子抽你。

○ 内　老黄家　夜

老黄家在一个破旧的筒子楼里，客厅只能放一床一桌。床是简易的单人折叠床，桌子既吃饭用又当茶几。儿子睡觉写作业都在小卧室里。厨房里堆满了做卷饼的面粉和鸡蛋。老黄和晓飞一人一碗蛋炒面，就着泡菜和大蒜。

有人敲门。

老黄： 开门去。

晓飞扒拉一口面，鼓着腮帮子开门。

晓飞： （说得不清）你怎么来了？

沐川： 怎么不等我就吃上了？快开门。

老黄（OS）： 谁啊？

晓飞： 那个湿地站的。

老黄： 不开。

晓飞拧开铁防盗门。沐川笑着挤了进来，把一瓶烧酒放桌上，又打开一包酱牛肉。晓飞给沐川找了把椅子。老黄白了晓飞一眼，筷子不停，继续吃。

沐川：小伙子正长身体，光吃面可不行。

晓飞给沐川盛了碗面。

老黄：甭套近乎。晓飞，那不是肉么，吃。

沐川：老黄，咱哥俩喝两盅。

老黄：不胜酒力。

沐川笑而不语，找了喝水玻璃杯斟了酒，自己先吞一口。

沐川：黄正祥！你是爽快人。我也不废话。今天我来找你就是要你出山的。

老黄：晓飞，做作业去。

晓飞放下筷子进了里屋，门留了条缝。

老黄（继续）：（也吞一口）酒太辣了！（顿了一下）你看，我连酒都喝不动了，还出山？老喽。况且那是你们公家的事，我一个小老百姓，管不起这事。

沐川：老黄，这是公家的事没错，鄱阳湖大也没错！光咱们保护站的辖区就接近100平方公里，面积大、岸线长、候鸟数量多，枯水期一到，那遮天蔽日，真壮观！为什么你管湖区的那几年，打鸟的人都销声匿迹？（老黄默不作声）因为你太熟悉这片水了！

老黄：（闷一口）那可真不是开玩笑的！往少了说，天鹅也得两万多只，万鸟齐飞有几个人见过？

晓飞偷偷听，瞪大眼睛。沐川看"奉承"的话管用，立马提杯敬酒。

沐川：在你的管理下，候鸟天堂真不是盖的！我看报纸上算过，有八种候鸟来鄱阳湖过冬！

老黄：（重重地举起拳头又伸出两根手指）十二种！老子亲眼见过的就十二种！

沐川：对对！十二种！他们算得不准！

晓飞听到老黄吹牛，抿嘴笑。老黄微醺，撩起衣服，露出稍有赘肉的肚皮，上面赫然一道疤。

老黄：当年有个打鸟的想黑我，你见过那种长筒鸟铳吧，小子躲在草里瞄我，你猜怎么着？刚好起了一阵风，七八只天鹅哗哗地扑腾，我一下就觉出不对劲，看到这个王八蛋猫着。他看到我发现他了，也有点害怕，想跑，我这步子大，"水上飞"嘛，没几步就逮着他，没想到这狗东西掏出匕首就给我来了这么一下。

晓飞：（忍不住跑了出来）你不是说这是割阑尾留的疤么？

老黄：傻小子，阑尾在这儿吗？

沐川：真是老天助你啊！一阵风惊了天鹅！

老黄：哈哈哈，不懂了吧！其实那个打鸟的是个雏，他躲在了大鹅群的上风向。怎么能躲在上风向！

沐川：啊！原来是这样！老黄，你是个行家，一辈子的经验可不能废了啊！

老黄抿一口酒，没说话。

沐川：现在国家越来越重视生态，林业局领导也非常重视咱湖区的湿地保护，比如这千年鸟道就是重点看护对象，可是这两年盗猎泛滥，很多候鸟被残杀！

老黄嚼一口牛肉，牙咬得咯吱响，仍不作声。

沐川：是，老哥你之前说得也对，这是公家事，可湿地保护站人手实在是有限，你看我，我是站长，手下只有一个兵，跟光杆司令没差，我来县里搬救兵，站里就连湖都巡不了了。

老黄：你得发动村民。

沐川：对！你说的对！这次我出来就拜托了咱安水村帮忙，可是一来村里的青壮都在外打工还没回来，二是就算回村了，有几个熟悉湖区的？上船就转向。唉！没有像你这样的老手带，什么事都干不成！

晓飞：爸！你要不——

老黄：——你闭嘴！

沐川：老哥！你也看到了，就咱一个卖鸭脖做小买卖的都能轻易买到天鹅肉，你就想吧，得有多少天鹅在市场里卖，有多少国家保护动物被人们杀害啊！不抓那些盗猎的人，我告诉你，今年就是你最后一次看天鹅了！

沐川说到激动处，一口吞下半杯烧酒，杯子重重地砸在桌上。老黄半晌没动静。

老黄：（平静地）我就是个普通农民，没权力抓人。站里能给我编制吗？

沐川：（一怔）这，现在还不能……但我可以报上去，现在就可以报上去！

老黄：（干笑一声）没编制那应该也就没工资了。

沐川：工资有！这个你放心！不会拖欠！

老黄：（苦笑）八百一月……

沐川：不，我给你补到一千！我保证！

老黄：我一个卖鸭肉卷饼的一个月都三千嘞，还得养一个小子……怪不得你们站里缺人。

沐川无话可说了，心知无望，长叹连连。老黄给沐川倒上酒，把酒杯塞到沐川手里。

老黄：来，大兄弟，喝一个。

老黄不等沐川，仰脖干掉一杯。沐川也一口闷掉，起身要离开。

沐川：（颓）老哥，我特别理解。干咱们这行的，要是自己都活不下来，还能保护个鸟！走了。

老黄看着满脸通红的沐川，不知是酒精作用还是激动所致。

沐川：（拍拍晓飞肩膀）小子！要好好读书！（又苦笑一声）下次买肉要多个心眼！我以前也一样，咱都是早当家的穷孩子。

老黄看着将要出门的沐川。

老黄：你干什么去？

沐川：回湿地站，跟他妈那帮鸟人拼了！

老黄：给你添个帮手吧！

沐川一愣，眼睛顿时湿润。

○ 内　生肉仓　日

一袭唐装的胖老板（贾老板，40岁）威严地坐在主位，颇像"舵主"似的二三四号人物分坐两边，后来的舵主摇摇摆摆，叼烟吹雾，懒洋洋地落座。

贾老板：市场上最近冒出来不少野鹅，有些兄弟都不从我这进货了，是不是？

舵主A：哪个脑子坏了为了点小钱就敢破规矩？（四下环顾）

舵主B：贾老板，听说是有人放了一批货进来。他们都叫他老鬼……别紧张，这人不是什么大问题。只要你这边货稳，没人愿意冒险换上家。问题是，我听说管着新龙和安水两片的湿地站在搞事情，发动村民巡湖。

贾老板：就湿地站那几根葱起不了风，一盘散沙，敢抓我的人吗？

舵主A：咱们前线的兄弟还是得留点意。

切

○ 外　湖区某水域　日

几个打鸟人猫在半湿半干的湖边，边走边撒农药拌过的粮食。

贾老板（VO）：主要是那个新上任的站长，死脑筋，自己人手不够，还非得鼓动村民看湖护鸟。

打鸟人突然停下了脚步，他们听到了不远处的马达声。几个打鸟人压低身子，试图躲开巡湖船。

贾老板（VO）：最近这两次打的白鹅是不多……你们扛不住了吗？

舵主A（VO）：那你说，有什么办法？要不给那个站长些好处？

巡湖船上只有两个人，看样子一个是湿地站的，穿制服，另一个是村民。村民看到漂浮着的淡黄色药片和小鱼小虾尸体。打鸟人紧贴着水面，隐在高高的水草里。

○ 内　生肉仓　日

舵主C： 你觉得给多少能保证他不再管闲事？

贾老板： 给上一个站长是五万。

舵主B： 行啊，跟上次一样，大家凑个五万不就完事了。

贾老板没接话，他环顾四周看在座的众人。有人点头，有人摇头，有人生闷气。

舵主B： 都别怂，这个时候还不站在一起，还怎么赚钱？

舵主C： 要是一年换一个站长，咱是不是每年都供一次？

舵主B： 你——

贾老板： ——弟兄们的钱也不是风刮来的。这次的钱，我出！（众舵主盯着贾老板）不过大家以后只能从我这儿上货。否则（顿了一下）只能下船。

大家还在咂摸贾老板最后这一句阴阳怪气的话，"啪啪"声传来，众人看向门边——老鬼闯进，边走边拍手。

老鬼： （皮笑肉不笑）这么仗义疏财的老大可不好找。你们怎么一点不知足？

舵主C： 这货从哪冒出来的。

老鬼： （嗅嗅鼻子）满嘴臭味。看你就是死鹅肉吃多了。

舵主C起身要揍老鬼。

老鬼： 别激动！我是来让你们赚钱的，贾老板。

贾老板： 什么意思？

老鬼： 你们不就是擅长倒个手，赚点差价嘛。

舵主C完全听不下去了，起身蹿到老鬼眼前。老鬼速度地把舵主C摔到地上。其他几个舵主纷纷起身。

贾老板： 坐下，听听他有什么办法让我们发财。

老鬼： 来来来，先回忆下，这一年来，你们偷偷摸摸抓鸟，躲警察，打一枪换一个地方，到年底有没有算算是赚了还是赔了？（环顾四周，顿了一下）对对，我知道，你们开支很大，赚的根本不够花，对不对？

有些人内心似乎赞同老鬼说的。

老鬼（继续）：怎么回事？你们谁想过怎么回事？嗯？怎么现在不说话了？我告诉你们，听着——天鹅要抓活的卖！

众人一片哗然，纷纷嘲笑老鬼不懂行。

贾老板：都给我闭嘴！来，朋友，抓活的我们也能办到，可谁能跨三个省把活天鹅运到南方馆子还不被抓，你倒是给我说说。

众人一阵哄笑。老鬼微笑。接着，大头抬着一个蒙着布的笼子走了进来，放在众人眼前。

舵主B：干吗？变魔术吗？

又引起一阵哄笑。老鬼呼啦拉开蒙布，里面安静地躺着一只雪白的天鹅，脖子绵软无力，但周身完好无损，没有一点血迹。

老鬼：这样运输没问题吧？不发出一点声音，更不用喂食，路上跑个三天不带停的。

舵主们：这不就是死的么？

老鬼：死的？

老鬼走到贾老板面前，拿起他抽到一半的雪茄烟，自顾自地品了起来。而笼子里的天鹅开始有了动静，翅膀扑腾，摇摇晃晃地挣扎，长脖子也越来越有力，头高昂地挺了起来。众人纷纷发出惊叹声。

舵主B：我去！活了？

贾老板露出一丝笑容。舵主B满脸钦佩！

贾老板：来吧，见弟，说说怎么回事。

老鬼：很简单，抓活的，运的时候让它死掉，吃以前再活过来。关键秘密在这儿——

老鬼掏出一个注射器摆在桌上。众人恍然大悟。

舵主A：你来的目的是什么？总不至于就变戏法吧？

老鬼：（突然间变得凶狠）当然，做擅长的事情绝对不能白做。（对贾老板）我来供货给你，你省下抓鸟的力气，专心搞批发，我能保证今年你赚的钱翻倍。

贾老板往后一靠，看看两边的兄弟。

舵主B：别他娘的吹牛，这么多人跟着贾老板卖货，你能供得起？你几个人？

老鬼：那是我的事，你们操心怎么卖就好了。大头！推进来吧。

大头从外面推进来一个大大的笼子，里面装了五只活天鹅。

老鬼：贾老板，这是给那站长的五万块，请笑纳，不成敬意。有时候，想发财也不是多难的事！

老鬼说完，径自离开，大头放了一张写着电话的纸条在桌上，也跟着离开。

○ 外　安水村　日

沐川开车（国产皮卡）老黄副驾，晓飞在后排躺着。老黄看着窗外绿油油的水草，远处偶有飞起的一两只水鸟，沉浸其中，进安水村后路变得越来越难走，只有底盘高的皮卡才可以勉强通过。

○ 外/内　湿地保护站　日

停车，三人走进保护站办公室，只有一个工作人员（小赵）在。

沐川：老黄，二楼最里那间给你和晓飞住。一会要不要到老朋友家坐坐？

老黄：不了，不专门去。咱们尽早干事！

沐川：小赵，你怎么在办公室待着？不是让你跟着村长组织大伙巡湖吗？

小赵：巡不成了，梁村长说组不起队，村里没人愿意去。

沐川拉着老黄扭头就走。

○ 内　村长家　日

老黄捧着一杯热水，坐在破了皮子的沙发里，看着沐川和村长梁文斌争吵。梁文斌看起来蔫不拉几的，沐川着急了，面红耳赤。

沐川：老梁，人需要咱调动积极性，不可能喊一声就跟着咱进湖区，你到底有没有给大家伙儿做工作？

梁文斌：没有。

沐川：那介绍介绍现在严峻的形势也行！

梁文斌：不会介绍。

沐川：那我去县里这几天，你都干了什么？

梁文斌：能干的都干了，还是没人愿意……

沐川：你这跟没说一样，不给大家宣传野生动物保护法，不说清楚候鸟为什么不能打，大家肯定不愿意加入进来！老梁，我走之前是千叮咛万嘱咐——

梁文斌：跟那些都没关系，我跟你说吧，这也是村里一个老哥给我讲的，他90多了，见多识广。这安水村历朝历代都打鸟，几百年的传统了——

沐川：唐宋元明清的事我管不了，我就管现在！打鸟犯法！

梁文斌：你懂个啥！我们村的这片大汉湖，历来天鹅就多，这大野鸟又重又贪吃，每次来过冬，就捡着田里的藕根吃，而且一待两个月，这片水里别说鱼虾了，连根泥鳅都找不到。稻田、菜田大片大片被毁。有些人家就想办法赶，有些就干脆抓来当野味吃。要是把所有抓过天鹅的都抓起来，那你得把整个村端掉一大半。你说人家谁愿意跟你去巡湖。

沐川：你说的我都知道，这不都是些陈芝麻烂谷了的事么，现在的问题是专门有一些人，不种田也不去打工，专门打了当野味卖！况且退一万步讲，就不怕吃出个什么病？（看老梁眼神飘忽）你是不是自己也打鹅吃？

梁文斌：这玩笑开不得！我家可是自己养鹅养鸭！

沐川：（急了）反正你就记住一条：抓捕国家一级保护动物是犯罪！违法就是违法，打候鸟、打天鹅通通都是违法！！

梁文斌： 你听听，左一个违法右一个违法的。这个我懂，我怎么能不懂——

梁文斌耷拉着脑袋，开始抽烟。

沐川： （苦口婆心）我的梁叔！你跟大家说，以前做的先放下不算，将功补过，现在全力抓那些盗猎的人，他们像疯了一样抓天鹅，（压低声音）难道你想被县里点名吗！你这堂堂安水村村长竟然管不住几个打鸟的，你也知道，省里正在申报国家湿地公园，环保和生态抓得很严……你还想不想保住你的乌纱！

梁文斌： （醒悟）啊，我怎么没想到这层！可，可还有个问题，咱村里有力气的不熟悉湖区，熟悉的人都老得走不动。

沐川： 这算啥问题，我搬了救兵来！就是他——

沐川和梁文斌齐齐看向沙发，可老黄却早已不见踪影。

○ 外　湖区　日

穿着深腰雨靴的老黄，开着马达船在湖面疾驰。他抬头看日头，分辨方向，方向盘一打，向着水草丰茂的湖区驶去。

○ 外　湖区湿地　接上

老黄关掉马达，船在比人高的水草浅水区巡弋。老黄很警觉，留意周遭的一切。水滩上出现越来越多的鸟尸体，黄色颗粒物（药片）也散落其中，有的已经被水泡开。漂了十几米，突然传来一阵呼啦呼啦的声音，他开动马达，船很快驶入一片被弯月型水草包围的浅水区——

——只见三只天鹅在半空中挣扎，它们既飞不高也落不下，原本硕大的翅膀奇怪地扭曲着，有一只天鹅的脖子像是被打了结。水面上还有一只天鹅伸长脖子对着半空中的同伴哀鸣。

老黄到了近前才赫然发现，原来三只天鹅浑身缠满了丝网！越挣扎缠得越紧，那只脖子打结了的大鹅已经奄奄一息，另外两只也有气无力。老黄刚要伸手，落单的天鹅对老黄发出了猛烈的攻击，踩着水，张着翅膀，像驱逐舰般冲来，鹅头如同重锤，将马达船撞得砰砰作响。

老黄一手扶船，一手举在空中，表示没有恶意，嘴里发出嘘的声音，这只本就疲惫不堪的大鹅，在发出猛烈攻击后，体力不支，老黄趁机营救被困的天鹅。他先轻轻抚摸翅膀，掏出折叠小刀，既谨慎又果断地把丝网割断，整只大鹅轰然坠下，老黄将其放到船里，继续救另外两只。

脖子被严重勒伤的天鹅，似乎已经死了，对老黄没有任何反应，然而刚刚攻击老黄的天鹅却发出最凄惨的哀鸣，为自己的伴侣鸣叫。当最后一只被救下的时候，老黄也耗尽了体力，瘫坐在船里，搂着将死的天鹅，爆喊一声，倒在夕阳的余晖下。

○ 内　湿地站　傍晚

老黄一脚踹开门，惊到了对坐无语的梁文斌和沐川，和角落里窝着的晓飞。

沐川：老黄？你，你这是干什么去了！

老黄也不回答，把手里抱着的死天鹅放在地上，梁文斌和沐川赶忙上前查看。老黄转身出门，沐川紧随其后。不一会，二人每人抱着一只天鹅进来，老黄那只还有口气在。

老黄：站里有没有兽医？

沐川：没有。

老黄：村里呢？

梁文斌：邻村有。

老黄：能指望你们什么。晓飞，去找两根筷子。

沐川：老黄，这到底怎么回事？你在哪捡的？

老黄：在哪捡的？我告诉你们，安水村肯定藏了一个大贼窝！

梁文斌：绝对不可能，有的话我怎么不知道！

老黄瞪了梁文斌一眼，气呼呼地出门，抱着一大团丝网回来，扔到地上。

老黄：这是什么！看看！

沐川、梁文斌和晓飞蹲在地上，围着丝网看。丝网里还嵌着几只小个水鸟。

沐川：人心怎么能这么坏！

梁文斌：这是谁干的！渔网不去捞鱼，搞这些！

老黄父子给受伤的天鹅做了简单的治疗。晓飞抱住天鹅身体，老黄先把折断的腿矫正，再用两根筷子夹好，仔细地用丝网线缠牢。

老黄（OS）：再仔细看看，这么大的洞能捞鱼吗？

沐川扯开丝网细看，果然——尽管丝线和渔网一模一样，但洞眼要比普通渔网大。老黄手里的大鹅不断发出哀鸣，渐渐地瘫软。晓飞轻轻把它放到大笼子里。

沐川：专门用来抓天鹅的？

老黄：下午我去踩滩发现的，（用手比划）水上一米，隔五米插一根竹竿，架了足足八百米。

沐川：一个人根本架不起来。

老黄：我估计还有更大的。所以说有贼窝子嘛！而且，照这种路子，肯定是常年、专门打鸟的人出的主意！

沐川：老梁，这下你知道为什么村民不愿意配合你巡湖了吧！哼！

梁文斌：这，这帮兔崽子！

老黄：也不要冤枉好人，很有可能是贼窝子盯上了这儿。

梁文斌：不管村里有没有盗猎的，这个巡湖队，必须组起来，我保证！给你们立个军令状！

○ 外　大汉湖水域　日

交叉剪辑

——老黄带着晓飞和三个小伙推船入水，巡湖。

——梁文斌、沐川带着三个小伙子巡湖，用长杆查看水草深处。

——众人惊叹丝网遮天蔽日，老黄指挥大伙儿拆掉。

——梁文斌和沐川也亲自上阵，捣毁丝网，有的年轻小伙子愤怒地挥动木杆使劲打丝网。梁文斌和沐川非常欣赏村民们的正义感。

——老黄和巡逻队午间休息，在船上吃点干粮，有说有笑。老黄满脸欣慰，掏出手机，却发现湖区根本没信号。

——梁文斌、沐川在湖上碰到了渔民，众人一道午休吃烤鱼，一派和睦景象。

——老黄的船驶进湖区一处长满了芦苇和水草的小岛，小伙们没等船靠岸，便纷纷跳下船。一个小伙子突然一声惨叫，疼得跌坐在地，抱着汩汩冒血的脚。

老黄：怎么了？被水蛇咬了？

小伙：快看看水里有什么？扎死我了！

老黄操起竹竿在浅水里划拉，岸上的小伙子也用竹竿拍打水面。

老黄：这里，在这里！

小伙们用木杆戳来挑去，勾起一串带有倒钩的铁钩子。

老黄：大家散开，再仔细找找！

老黄小心地下了船，查看这个离奇的铁钩子。

○ 外/内　生肉仓　夜

一辆轿车领着皮卡停在生肉仓门口。贾老板早已在门口等候，老鬼从头车下来后指挥皮卡里的大头卸货。大头呼啦掀开皮卡车斗的油布，贾老板顿时眉开眼笑。

推杯换盏，烟雾缭绕。贾老板和老鬼吃火锅喝大酒。

老鬼：贾老板，看得出来，你今天高兴了！

贾老板：哈哈！老弟果然出手不凡。你要是能保证货源不断，我就能保证你的现金流不断。

说完，贾老板推给老鬼一个黑色塑料袋，平常装垃圾的塑料袋里塞着现钞。老鬼嘿嘿笑，一使眼色，大头也递给贾老板一个黑色塑料袋。贾老板满脸疑惑。

老鬼： 放心，又不是炸弹。

贾老板打开，顿时脸色大变——袋子里装着一根手指——而且被水泡发了。一枚金戒指像紧箍咒似的深深嵌进手指肉里。

贾老板： 你什么意思！

老鬼： 贾老板，咱们都是明白人。明白人怎么能说糊涂话，做糊涂事呢？

贾老板： 别跟我阴阳怪气的，有屁快放。

老鬼拿起手指，撸下金戒指，递给贾老板。贾老板看着有点犯恶心，但很明显，他认识这枚戒指。

老鬼： 你家老三（舵主C）一直对我有意见。现在消停了。

贾老板： 你干了老三？！

老鬼： 既然上次咱们就把条件都谈好了，可你家老三显然不满意嘛，还自己带人捕鹅，（顿了一下）自己悄悄抓也罢，可鄱阳那么大，非得到我的地盘做。贾老板，你说说这什么意思？是不是眼里放不下你这个当老大的了，说的话都当屁放了？

贾老板刚要说话，被老鬼打断。

老鬼（继续）： 我明白，贾老板怎么可能是言而无信背地里搞事的小人呢？（盯着贾的眼睛）所以我就替你教育一下小弟。

贾老板：（咬牙咯咯响）他人呢？

老鬼：（轻描淡写地）湖底喂王八了。

贾老板盯着老鬼，气得浑身发抖。

贾老板：（对着舵主B）告诉弟兄几个，以后只管走货，找货的事谁都别再插手，这事交给老鬼办。（对老鬼）从今天起，各干各的事，都不要乱来。要是影响了生意，别怪我不客气。

舵主B钦佩地瞄老鬼，而老鬼则眯着眼，把那枚金戒指套在自己手指上，喜滋滋地闷了一大口茅台。

○ 外　安水村　夜

沐川行色匆匆走在村路上。迎面驶来一辆小面，灯光晃得他忙用手遮挡。小面疾驰而过又戛然刹住，倒回到沐川身边，车窗摇下。

沐川： 毛子？！下次看着路上有人把大灯灭掉！

毛子： 嘿嘿，站长，我正要去找你呢！

沐川： 找我干吗！

毛子： 来，上车，你要去哪我送你过去。

沐川： 别废话，有事快说，我着急去开会。

毛子： 着急我送你过去，快上车，嘿嘿。

沐川上了副驾。一屁股坐在一堆东西上，埋怨几句时，车早已开走。

毛子： 站长，哥，我有件事拜托你。

沐川： 我一没权二没钱，我能帮你什么。你要是最近闲得慌，我倒是能帮你找事儿干。

毛子： 什么事？

沐川： 湿地站巡湖缺人手，你来吧！

毛子： 我才不干！费力不讨好，还危险，万一真遇到打鸟的，连我一起打了，也就多一枪的事。

沐川： 打鸟的敢杀人？

毛子： 呃，那，那我不知道。

沐川： 找我什么事，快说。

毛子方向盘一打，小面转向了旁边野路。乌漆麻黑。

毛子： 哥，有朋友托我给你带点东西，在你屁股底下。

沐川挪开屁股，抽出一个纸袋子，打开一看，钱。

沐川： 你这是什么意思？

毛子： 几个江湖上的朋友，孝敬你的。他们也不求别的，就是想让哥你别老动不动巡湖。

沐川：啊我明白了，盗猎的想买个清净，别打扰他们打天鹅！

毛子：哥，其实他们也不会在你管的地盘干活，鄱阳湖大了去了，那些个三不管的水面，你就任他们去就完了——

沐川把纸袋子系上，一股脑砸在毛子头上。

毛子：哥，别嫌少——

沐川：——你们把我当什么了？

毛子：哥，听我一句，咱惹不起他们。

沐川：（一怔）谁们？你肯定跟着那帮鸟人混在一起。一副游手好闲还不缺钱的样子！（一把抓住他衣领）说！你们头头是谁？在哪儿？走，跟我回站里！

毛子：哥……你别这样！我也是没办法——

沐川紧紧抓着毛子衣领，毛子挣脱，二人扭打。突然，小面往前猛蹿，一头扎在沟渠里……

○ 外　野路沟渠　接上

小面变成了独眼龙，车灯滋滋乱闪。一扇车门突然被蹬开——毛子爬了出来，像受惊的狗，慌不择路跌跌撞撞地跑走了——怀里抱着纸袋子。

○ 内　湿地站　夜

老黄、梁文斌和队员们等半天，才等到满身泥水、头破血流的沐川。

老黄：沐川！怎么搞的！

沐川：毛子干的！快去找他！

众人拥上扶住沐川。

○ 内　医院病房　日

老黄、梁文斌、晓飞和湿地站的小赵三人陪护。沐川缓缓醒来。

晓飞： 叔！你醒了！

梁文斌： 老弟，你终于醒了，我们一直在陪你！

老黄： 到底怎么回事！

沐川： 毛子找到没？（喝晓飞端来的水）

梁文斌： 没，当晚就跑了。毛子想害你？

沐川： 他跟着盗猎的那帮人混。昨晚要给我钱来着。

梁文斌： 你收了？

老黄： 收了能这样？

梁文斌： 不收就灭口？这帮孙子太歹毒了！

沐川： 不至于，事故。

梁文斌： 我看就是伪装成事故。这帮鸟人太歹毒了！

沐川： 找到毛子就能找到他们的大本营！

老黄： 那就这样！沐川你先养伤，老梁你带人找毛子，这边巡湖照旧，我来组织。

○ 外　洗浴中心大门　晨

毛子潇洒地走出，开轿车扬长而去。

○ 内　生肉仓　夜

毛子和一班小弟兄在贾老板肉仓里吃喝吹牛。听着仓门铁闸响，知道贾老板来了，几人迎了上去。贾老板和老鬼一起走进来。

贾老板： 兄弟，这次怎么净是些死的？

老鬼：妈的，老板多担待！

贾老板：怎么地？

老鬼：这两天我正纳闷，看着一群群大鹅飞起飞落，怎么一只都不落网里，还以为这些野鸟开了窍，绕着网飞，妈的，你猜怎么回事？弟兄们辛辛苦苦三天三夜搭的网，全他妈被湿地站的人搞掉了。靠！钱是不是给少了？还是拿了钱不办事？

贾老板：（脸色一变）毛子！

毛子：（惊恐地一路小跑）哥，什么事？

贾老板：来，给你鬼哥汇报汇报，五万块到底买了他什么承诺？

毛子：啊？承诺……他，他说，只要不在他的地盘搞事怎么都行。

老鬼：屁话！

贾老板：真这么说的？（毛子点头）还说什么了？（毛子只摇头）

老鬼：既然收了钱起码得有个态度，说些不咸不淡的话还给老子捣乱。这个人不上道！

贾老板：会不会嫌五万太少了？

老鬼：怕是嫌自己命太长了吧！哼哼。一毛都不会再给。

贾老板：兄弟别冲动，能用钱办了的事就用钱办。

老鬼：钱？我和弟兄们出生入死，不定哪天掉水里淹死；命大淹不死的得个血吸虫病，不死也残废，还不如淹死。贾老板，我们赚点钱不容易啊。你是大老板，躺着收钱……

贾老板：……你这什么话？说这些我可不爱听。你们他妈的泥腿子怎么跟我比？啊？怎么跟我比？你看我躺着收钱？怎么不看我跪着给领导送钱？怎么不看我为了给你们抢渠道跟人拼刀子？啊？躺着赚钱？没我你他妈一根鹅毛都别想卖掉！

老鬼气得一直拧手上的那枚金戒指。

老鬼：服，我服。

贾老板：行，得教教这个张沐川江湖规矩了。

老鬼：毛子，你把张沐川约出来，剩下的我来办。

毛子：啊？呃，这……行吧……

○ 外　村路/张沐川家院门　日

一辆停在路边的轿车，一股股白烟从车窗缝里散出，老鬼和大头在车里。毛子缩着脖子敲张沐川家的院门，没人应。作罢，上车离开。

○ 内　车里　接上

毛子：鬼哥，张沐川肯定是外出了。咱要不过两天再找他？

老鬼：去站里找。过两天大鹅都过完冬了，还找他干球。

心怀鬼胎的毛子露出极为尴尬的表情。

○ 外/内　湿地站门外路/车里　接上

老鬼的车停在大门对面。

老鬼：去，把他叫咱车里说。

毛子：鬼哥，我不敢去。

老鬼：犯什么病！

毛子：不是……我去等于自投罗网，他，他们知道我打鸟——

老鬼：他们怎么知道？

毛子：我是说万一，万一他们知道，我这不就等于自投罗网嘛。

老鬼露出凶狠的表情。

老鬼：说，你是不是被盯上了？

毛子：没有！绝对没有！

老鬼：给老子滚下去，叫张沐川出来。

毛子灰头土脸地下车，战战兢兢地过了马路，在湿地站大门犹豫再三，纠结要不要敲门，远远看到大头威胁要弄死他的动作后，毛子下定决心，锤开了湿地站的大门。

老鬼主观视角，远距离看门口的毛子以及发生的一切，但听不到毛子说的话。

不到一分钟，毛子突然拔腿就跑，紧接着，湿地站跑出来两个人，其中一个狂追毛子，另一个留在门口的人（张沐川）头上缠纱布，拨打手机的同时，四下张望，他似乎看见了路对面老鬼的车。

老鬼： 坏事了! 走!

大头油门一轰，车快速驶离湿地站。倒车镜里，张沐川追了几步，但马上弯腰抱头，停步不前。

○ 内　生肉仓老板间　夜

毛子踉踉跄跄地被大头踢到贾老板眼前。后面跟着老鬼，二人凶神恶煞般。

老鬼： 来，告诉贾老板到底发生了什么。

毛子：（噗通跪下）我以为凭我和张沐川的关系，他能收钱，可是他说什么都不收，还要拉我去派出所。后来我俩打了起来，就撞了车，我看他死了，我就跑回来了。

贾老板： 这不挺好的吗?

大头： 张沐川死了吗?

毛子： 我看是死了……

大头： 嘴真硬，那头上缠纱布的是谁? 你怎么一看他就吓得屁滚尿流?

毛子： 我不知道啊，我真不知道。

贾老板： 明白了，你以为死了，可是他命大，没死。（看着老鬼）这很正常，你打了那么多年鸟，没见过看起来快死的后来又活蹦乱跳的吗?

老鬼： 嘿嘿，毛子，说关键的，好汉做事好汉当，你怕什么?

毛子：那，那钱，我，我花了。

贾老板：（微笑着）好小子，买了什么？

毛子：（战战兢兢）车，吃喝。

老鬼：（鼓掌）贾老板，你的手下成事不足败事有余，要不要家法伺候？否则你再大的肉仓也供不起这么多的老鼠！

贾老板（笑着）：车！吃！喝！

贾老板抄起手里的水晶烟灰缸照着毛子脑袋猛砸三下。毛子应声倒下，烟灰缸沾满了血渍。

○　内　生肉仓一楼　接上

大头操作的绞肉机发出碾肉碎骨的声音。二楼老板间落地玻璃窗内，贾老板、老鬼点烟喝茶，看起来在商量事情。

○　外　湿地站门　晨

一堆死鸟挂在了湿地站门口。路人纷纷侧目，交头接耳。老黄、沐川、梁文斌等七手八脚把这些鸟尸体摘下收掉。

○　内　湿地站办公室　日

众人争执。

梁文斌：要不咱避避锋芒？

老黄：什么意思？

梁文斌：我给你理一理。先是毛子送钱给沐川，沐川没收，出了事；再就是毛子突然找上门，可见到沐川又赶紧跑——

沐川：——而且那天我还看见一辆车鬼鬼祟祟的。

梁文斌：对，说明什么？毛子是被人指使的。我派人一直盯着毛子，你们猜他在哪？（顿了一下）他跟人进了仓库就没再出来。再然后就是今早的这些死鸟了。把这些都连起来，你们想想，能不能说明，咱们被那帮盗猎的给盯上了！

老黄：你开门办事就会被人盯，很正常。不能被他们吓着。

梁文斌：不光我一个人这么想，咱们队里的这些小伙子也都有家有室的，跟你不一样。

老黄：（看看儿子）是啊，跟我不一样……

沐川：老梁，不能自乱阵脚，还是要冷静下来分析。我受伤是意外，别搅一起。毛子是突破口，他又露面没？

梁文斌：我找人一直盯着那个仓库，没再见他出来。

老黄：一定是知道他暴露了，干脆藏起来，再用些死鸟吓唬咱们。不能被吓唬住！你说的那个仓库在哪？咱们直接找上门去，一切就真相大白了！

梁文斌：要不报警吧！让警察去查！

老黄：你这是打草惊蛇，而且咱们什么证据都没有，报警没用的！

沐川：我同意老黄的提议，咱们先去看看！

梁文斌：（露出为难表情）非要冒这险吗？

老黄：不入虎穴焉得虎子！

○ 外　生肉仓门口　日

沐川砰砰敲门。老黄在中间，梁文斌押后。小门洞打开，探出一张贼眉鼠眼的脸。

沐川：（照着一张纸条）兴旺街27号，注册人王广泉？

小贼：不认识。

沐川拦住刚要关上的小门洞，梁文斌凑近。

梁文斌：贾兴旺！你总该认识吧！

小贼：（瞄了瞄几人）来干吗？

梁文斌：呃——

老黄：——上点野货。

小贼嘭地关掉门洞，呼啦一声卷闸升起。老黄、梁文斌和沐川三人相互打气。

梁文斌：看我干啥！姓贾的是实际控制人——别以为我啥都没干！

沐川：（看老黄）卖鸭肉前上过野货，嗯？

老黄：各有各的道嘛！

梁文斌：那一会儿你跟姓贾的说！

三人进入阴森的生肉仓。

○ 内　生肉仓一层　接上

小贼引路，三人路过一台散发臭味的大绞肉机，楼上的贾老板和老鬼死死地盯着三人上楼梯，进了屋。

○ 内　生肉仓会客室　接上

贾老板坐在主位，老鬼半躺在沙发里，身后的大头倚墙而立。看到沐川，老鬼和大头交换眼神，大头手按着腰间的匕首不放。气氛诡异而紧张。老黄警惕地环视一圈。

贾老板：我不认识你们。

沐川：我就是湿地站的张沐川。我们来找毛子的。

贾老板：（装不解）找毛子不去他家来我这儿干吗？

梁文斌：我们看到他进了这儿，再没出去。说吧，把人藏哪儿了。

贾老板脸色渐变，他看老鬼镇定而冷酷。

贾老板：（指着梁文斌）你是警察吗？（梁文斌摇头，贾又指着老黄）你是警察吗？（老黄没表情）肯定不是，长得不像装得挺像，问我要人，那得先拘了我！来啊！慢说我不知道，就算我知道他在哪，凭什么告诉你们。

老鬼用鼻子哼了一声，点燃一根烟，手里的zippo咔咔响，听起来像子弹上膛。

老黄： 贾老板说话也不用这么冲，地方那么多，我们不去找，偏偏来你这里，肯定不能是瞎弄的。

贾老板：（不屑）滚！爱去哪找去哪找，反正不在我这儿。

老黄： 你这么做事可不上道。山不转水转，混社会讲究给自己留条后路。

老鬼盯住老黄，老黄也盯着老鬼。

老鬼： 你说说我们需要什么后路。

老黄：（笑笑）明人不说暗话。我刚才在你们一楼溜了一圈，就发现点有意思的事，一直想不明白，问问你们主家。

老黄走到窗边，指着楼下一个大架子，上面挂了十几只退了毛的鸭子生肉。鸭子肉皮早已暗黄、皱缩。

老黄（继续）： 你们批发整鸭对吗？

贾老板： 没错。

老黄： 那十几只鸭子恐怕挂了七八天了吧？是卖不掉还是说——你们卖的压根就不是鸭子？！

贾老板： 放屁！鸡鸭鱼肉我们都卖！

老黄（继续）： 恐怕你在卖天鹅肉吧！要不然那几桶白鹅毛从哪只鸡哪只鸭身上拔的？挂羊头卖狗肉！

贾老板脸色大变，老鬼也一惊，但不露声色。其他人纷纷看向一楼鸭架子一侧两个半人高的大黑桶，里面确实塞满了雪白的羽毛，一个桶里装硬羽，一个装软鹅绒，都是能卖钱的宝贝。贾老板内心慌乱，他用眼神向老鬼求助。

老鬼：（极镇定）卖鹅毛犯法吗？

老黄： 卖天鹅犯法。

老鬼： 那我们来赌一把——我让你随便搜，要是找到天鹅，不管死活——看见没，我就跳进那个绞肉机里；要是找不到，你们就是来找茬的，那就按找茬的办法处理。

老鬼起身，依次走过面露惊恐的梁文斌，正气凛然的沐川，还凑近盯着沐川额头上的纱布。最后和老黄面对面。老鬼笑着吮吸一口自己的大拇指指甲，然后在自己脖子的动脉处轻轻划过，表情渐露凶恶。老黄怒不可遏，刚想去搜查，沐川一把按住，众人僵持不下，都死死地盯着对方。

梁文斌：（苦笑解围）我们主要是来找毛子的。不管你们知不知道，给个准信。

贾老板：最后一次回答，他没来过这，你们找错地方了。

梁文斌：我们走。

老黄不愿如此狼狈地逃离，一副要火拼的架式，梁文斌拽着二人匆忙离开。贾老板和老鬼却笑不起来。

○　外　鄱阳湖区　黄昏

老黄和儿子晓飞坐在湖堤，看着水天一色，鸟儿飞起飞落，老黄忧心忡忡。

○　内　湿地站走廊　夜

老黄和儿子巡湖回来，在走廊里就听到办公室里的争辩。

梁文斌（OS）：他只会蛮干！

沐川（OS）：不能一出事就全推到别人头上，去找那个姓贾的也是我们都同意了的！

梁义斌（OS）：以后绝对不能听他的了！他以为自己是警察啊，还想动手！那是人家地盘！

晓飞也跟着"怪罪"老黄，一副训斥的表情。老黄苦笑一声，拍拍晓飞脑袋，示意他自己上楼。

梁文斌（OS）：我们先要保证自己安全，找到铁证，交给警察，只能这么做，否则我敢保证，没有一个村民敢冒这种险，看那人面相，肯定背了命的！咱不能乱弄。

老黄大步进入办公室。梁文斌和沐川顿时停止了针对他的争辩。

○　内　湿地站办公室　接上

梁文斌：老黄，是这样，经过我的分析……

老黄：（打断）我都听到了，我同意你说的。

沐川：咱们分头行动，各找证据，汇总后交给派出所！

○　内　湿地站二楼老黄房间　夜

老黄整理深腰雨靴，手电和干粮。

沐川（VO）：……老黄，你还是继续巡湖，他们肯定还会进去。不过我担心，万一你碰到下死手的怎么办，太危险……

老黄（VO）：放心，在水上，我比他们腿脚好。

切

○　内/外　梁文斌家/街角　夜

梁文斌在一张手绘的简易平面图上，给几个小伙子安排监控点。

梁文斌（VO）：——我安排人盯那个姓贾的，只要他敢卖，绝对抓现行。

围绕着生肉仓的马路和街角，梁文斌安排的年轻村民各自蹲点——

梁文斌（VO）：三班倒，人歇事不停，谁知道这帮兔崽子什么时间交易！替下来的兄弟回家前先到我这里汇报情况！

——一个钻进肉仓前门对过的彩票站，一个泡在肉仓后门旁边的台球厅。生肉仓门口车来车往。

沐川（VO）：尤其要注意小面，皮卡什么的，要是装了大鹅，肯定会有响动!

○ 外　生肉仓　日

老鬼、大头的车停在肉仓门口，后面一辆皮卡跟车。老鬼头也不回地进入了肉仓，他没发现已经被监控。大头则指挥小弟卸货。

○ 内　彩票站　接上

大周（监视者）眼睛瞟到了肉仓门口，随即掏出手机打给了老梁。

大周：叔，他们上货了。

梁文斌（OS）：好！盯紧，看看是不是野鹅！

大周挂了电话，扔下刚买的彩票，走出去刺探情况。螳螂捕蝉黄雀在后，彩票店小老板拿起了电话。

○ 外　生肉仓门口　接上

装作路人的大周，走到皮卡左侧，突然听到一阵翅膀乱拍的声音，似乎还有大鹅的叫声。他"适时地"掏火点烟，斜睨偷看兜子油布下到底遮盖的是不是大鹅。皮卡右侧，大头忙着安排小弟扛笼子上拖板车。

声音（OS）：（异常大声）哥们，借个火。

大周吓一跳，不知后面早已站了一个人——大头。大头露出诡异的笑，嘴里叼着根烟。大周显得很慌，他哆哆嗦嗦地拿起打火机。

大头：我手不干净，帮我点呗。

大头把头凑到大周面前，大周咔咔几下好不容易打着火，看到大头目露凶光地盯着自己，吓得火又灭了。大头使劲抓起大周的手，按着大周的手指打着了火，猛吸一口。

大头：兄弟，谢了。祝你发财。

大周：啊？

大头：你不是喜欢买彩票么？

大周：啊！

大周看看对面彩票店，赶忙走开。

大头：等等！

大周愣在原地，不敢回头。

大头：回去洗洗手，沾了我手都是血……

大周赶忙看自己的手，果然染了血渍，刚刚大头握了自己的手。

大周：没，没事。

大周头也不回，三步并作两步赶快逃离现场。

大头（OS）：别怕，是鸡血。哈哈哈哈……

而生肉仓的铁门里，老鬼目睹了全部。

○ 内　车里　日

老鬼亲自开车，副驾坐着贾老板。

贾老板：鬼哥亲自开车？这待遇了不得啊。

老鬼：方便说话，最近这段时间，你可要当心。

贾老板：敢情你怕了啊，被那三个土鳖吓得？！

老鬼：（微笑）天天干抓鸟杀生的事，我什么时候怕过。呵呵。我是担心你。有人盯上你了。

贾老板：那个湿地站的张沐川？

老鬼：张沐川还嫩，成不了事。那个叫梁文斌的派人监视你的肉仓。

贾老板：（惊）什么时候的事？！我怎么不知道？怪不得你今天非要拉我出来说。

老鬼：我已经帮你摆平了。只是你的肉仓已经暴露，以后不方便走货了。

贾老板： 妈的！害老子没法赚钱。妈的！（暴躁）你这是带我去哪？

老鬼： 到了你就知道了。

切

○ 外　老鬼的养殖场　日

贾老板目瞪口呆，下巴都要掉了。老鬼用简易的高围栏和铁网格，把几十只天鹅关在了一片浅水滩，一只只大大鹅紧挨着，偶尔发出哀鸣声。这所谓的养殖场条件很差，是野天鹅的集中营。

贾老板： 你真是个疯子。

老鬼： 当你夸我了。哈哈哈，像这样的野鹅场还有一处。鄱阳湖之大外人不知，关几只野鹅，小菜一碟。

贾老板： 大鹅的天敌就是你！

老鬼： 哈哈，那不敢当。工欲善其事必先利其器。我只是搞了点小发明小创造，弄了几样专门的工具而已。

贾老板： 干得漂亮，你到底用什么办法抓到活的？

老鬼： 雕虫小技，不敢献丑，哈哈哈。

老鬼下意识摸了摸脖子上的鹅骨哨挂件。

贾老板： 不说就不说吧。

老鬼： 天网，能保证不死，但十有八九伤筋动骨了。但你看到的这几十只，我用了新办法。

贾老板： 别卖关子了，快说说——哎呀，没人能抢得了你的生意。

老鬼： 你仔细看看——

老鬼轻而易举地抓了一只天鹅，他粗暴地，一手掐着天鹅的脖子，一手摁压身体。

老鬼（继续）： 过来看！看它的眼睛！

贾老板凑过去，看到天鹅的眼睛发灰，且眼球凝滞，毫无生气。

贾老板：放毒了？

老鬼：鄱阳湖的夜连鬼都不愿意来，野鹅睡得很死。我们划船到它们跟前，这些傻鸟刚一睁眼，我拿强光，就这么一照——

老鬼啪打开了强光射灯，贾老板赶忙扭头捂眼睛。

老鬼（继续）：你想么，人都扛不住，何况这些傻鹅。

贾老板：你简直是天才！

老鬼：哈哈哈哈，毫发无伤，无毒无害，肉质鲜嫩！你以后可以打打广告了。

贾老板：搞个名牌出来，就叫——癞哈蟆牌——广告语改成：癞蛤蟆只吃天鹅肉。哈哈哈哈！

老鬼：（偷瞄一眼，语气突变)唉，可惜啊……

贾老板：怎么了？

老鬼：野天鹅哪能圈养，这些大鸟有骨气，被人抓了不吃不喝，几天就死了。而且啊，一只死了另外一个伴儿也活不长。就算活下来也是只皮包骨，卖不上价了。我倒是无所谓，外面天鹅多得是，我再去抓就好了，干活的命。可惜贾老板你损失可就大喽……

贾老板：趁又肥又壮，赶紧出手！

老鬼：（极严肃）可是你被监视了，你敢动一下，警察立马就来找你。

贾老板：怕什么，他梁文斌敢动我，我先弄死他！就跟那毛子一样，绞个稀巴烂。

老鬼：这不是什么好办法，老板！你干死一个姓梁的，还有张沐川，还有那个姓黄的，没完没了。

贾老板：我把他们全弄死！

老鬼：（鬼笑着）贾老板，解套的办法千千万，咱要的是卖货赚钱，不是非得要人命嘛，他想盯肉仓就让他盯着，咱主动点不就行了，你给我买家地址，我给运过去——

贾老板：——哦？老鬼啊老鬼，你不光惦记鸟，还惦记我的渠道啊。

贾老板听出了老鬼的意图。

老鬼：（端起来）嘿嘿，我要这些野鹅子干球？！换不成钱什么都是扯淡。你现在要是有更好的办法出货，我倒乐意每天待在这世外桃源，图个清静。

贾老板：换个人是卖不掉这些野鹅的，大买家都念旧得很，突然换人交易会起疑心——不过，要是你能让那几个盯梢的兔崽子撤了，我倒也可以带你认识几个买家。

老鬼：嘿嘿，这还不好办？三天内，保准让你清静。

贾老板：好！三天后，肉仓见，有多少活的你就拉多少过去，顺便也让你见识见识我跟这些老朋友的关系，几十年的渠道不是想撬就能撬走的。

话说得很透了。老鬼不爽也只能闷在心里。

○ 外　梁文斌家池塘　晨

梁文斌自家承包了一个大池塘，养点鸭鹅鱼。一早来喂鱼放鸭的老梁却蹲在池塘边，双手抱头，极度沮丧。池塘里飘满了肚皮外翻的死鱼。鸭舍栅栏里，成片成片的死鸭。闻讯赶来的老黄、沐川和晓飞看到眼前的惨象震惊了。老梁的老婆嚎啕大哭，呼天号地。沐川蹲在老梁身旁，也不知如何安慰。老黄拎起一只死鸭子仔细查看，晓飞捞起几条死鱼给老黄。

老梁老婆：这是造了什么孽啊……

老黄：被人下毒了。

老梁老婆一听，又是一阵嚎啕。老梁愤怒地眼睛似乎能喷出火。这时跑进来两个小伙子，一个大周，一个大牛。二人满脸惊恐。

大周：梁叔！我们两家也遭报复了。

沐川：肯定是招人报复了！

梁文斌还没搭腔，他老婆扑上来撕扯老梁。

老梁老婆：我早跟你说别管人家闲事！你不听，现在好了！把我们娘儿俩毒死算了……你天天的造什么孽啊……

老黄：大嫂你先……

老梁老婆：……别叫我大嫂，谁是你大嫂。你们的事我都知道，那帮人打鸟就让他们打去吧，你们是不是闲的！他们打不到野鹅就来糟蹋我们家！

老黄：这道理也不是这么讲……

老梁老婆咄咄逼人，披头散发，唾沫横飞，步步逼近指着老黄鼻子骂。

老黄：话都不让人讲！唉！

老黄一拍大腿，拉着晓飞扭头走了。沐川拍拍老梁肩膀，老梁头也不抬，摆摆手。

老梁老婆：（对大周和大牛）你俩就是活该！每天晚上跟做贼似的跟他开会，你们仨特务吗？你们说了什么当我没听到吗！管闲事的下场就是这样！（对老梁）你倒是放个屁啊！不是挺能说的吗？

沐川看这样子赶紧撤。

沐川：你俩还没被骂够啊！

大周：可是我家也被人投毒了……

沐川：还好你没讨到媳妇……走，走！

三人灰溜溜地离开。

○　内　生肉仓　日

贾老板在悄悄观察彩票站和台球厅。舵主B进来。

贾老板：怎么样？

舵主B：安全！

贾老板：你确定？

舵主B：（点头）人都撤了。

贾老板：发通知吧。

舵主B拿起贾老板的手机发短信。

○ 内　豪车　接上

一个阔气的胖子接到了短信：五点吃面。

○ 外　高尔夫球场　接上

一个面白肤嫩的姑娘拿着电话走到她老板面前给他看手机。老板帅气地挥杆击球，捏了捏姑娘的脸蛋。

老板：一会带你吃面去！

○ 外　大汉湖　日

晓飞摇橹，老黄坐在船头，父子二人晒着傍晚的太阳，无目的地在湖中飘荡。水天一色，一对对天鹅惬意地结伴相游。美丽的剪影画。

老黄：考考你，你能认得出咱这鄱阳湖上是哪种天鹅吗？

晓飞：苔原天鹅。

老黄：（赞许）偷偷补课了吧？来，说说，还学了什么？

晓飞：苔原天鹅，又名天鹅。成年可长到一米五，重达18斤。翅展近两米，是它们最重要的武器，要是惹一群大鹅发飙，后果很严重。（说完抿嘴笑）

老黄：嗯，说点我不知道的。

晓飞：（停了一下）天鹅很像人类。

老黄：有点意思，怎么说？

晓飞：天鹅有家，父母带着幼鸟来鄱阳湖过冬，都能找到去年呆过的地方。对它们来说，就是回家。

老黄：可惜，老爹都没能给你个家。

晓飞：（释怀地一笑）家嘛……爹妈在哪，家就在哪……可是人家天鹅都很少离婚的——

老黄：你可以跟你妈过啊！

晓飞：我喜欢跟你过。管得着么。

老黄扭头笑了。

晓飞：说吧，为什么跟我妈离婚。（老黄沉默）一说到这个就哑巴了。是不是你做了什么错事？

老黄：一个天天泡在水里巡湖的人，要说做错事，就是对这个家照顾得不够。

老黄点着烟，深吸一口。

晓飞：我妈是不是也跟村长老婆一样？

老黄：噢，不不不，你两岁那时候，咱们家遭到打鸟的报复可比老梁家狠多了。你妈一句埋怨的话都没有，我不在家都是她一个人扛。

晓飞听得愣住了，他是第一次听这些故事。

老黄（继续）：那些盗猎的个个都是亡命徒，有几次，我搅了他们的计划，他们连着几天都没抓到大鹅，也抓不到我，就放风说要咱家父债子偿，冲到家里就要抓你。你妈急了，左手搂着你，右手抓着菜刀就要跟那帮人拼命。僵了一阵子，那帮人到头来没得逞跑了，等我回到家，你妈手里的菜刀拔都拔不下来。

晓飞：后来呢！

老黄：后来我就跟你妈离婚了……是我提的。

晓飞：为什么？

老黄（俯身从水里捞起一根天鹅羽毛）：小时候村里穷，大家过年有时也打点野鸭吃，可野鸭有时候会混在天鹅堆里。

切-闪回

○ 外　湖滩　日

镜头以第一人称视角透过鸟铳"瞄准"不远处的野鸟群。

老黄（VO）：我像你这么大，第一次用鸟铳，瞄着鸭子，一开枪却打中天鹅。

切-闪回（慢镜）

○ 外　湖滩　接上

一声枪响，一团烟雾，一只天鹅倒下，一个孩子惊吓得愣在原地。几个乡民冲上前。

切-闪回结束

○ 外　大汉湖　日

老黄：大家一边起哄，一边把天鹅肉分了。可是没人注意到，一大群被惊走的天鹅里，有一只死活不走，对着我叫，像个打拳击的，用翅膀打我，那家伙追了我几米突然转身回去了，去照顾一只小家伙，我估计是它们的孩子……（老黄凝视远方，眼睛湿润）劝君莫打三春鸟，子在巢中待母归。……从那以后，我就发誓不再打鸟，也不允许其他人打鸟，一到冬天我就巡湖，见着一个拦一个。后来招人报复，那段日子不好过，再后来……你就知道了。我对不住你们娘俩啊。

一对对天鹅低头梳理对方羽毛。天鹅群发出阵阵鸣叫，高低起伏，阵阵回响，似在鸣讲，似在倾诉。晓飞闭起眼睛沉醉其中，伴随着风声水声，天鹅的鸣叫更让周遭显得安宁。

老黄：好了，都是过去的事情了。你看，一对一对都有各自领地，偶尔串串门。这么一大群一起飞一起落，又不会乱，很讲规矩。有些乱了规矩的，你听——其他天鹅就会教训，你听……这种天鹅是有绰号的，你知道是什么吗？

晓飞：我不知道，什么绰号？

老黄：口哨天鹅——哨声里意思很多。

晓飞：瞎掰！那它们在说什么？

老黄：——说咱们该回家了！

晓飞噗嗤一乐。

○ 外　湿地站院子　傍晚

老黄和晓飞刚进院子，就看到沐川边穿衣服边急匆匆地往外走，后面跟着大周。

沐川： 老黄，跟我一起走！派出所给我打电话要咱们一起去肉仓。

老黄： 肉仓咋了？

沐川： （低声）十有八九是要抓他们了。

老黄： 真的？谁报的警？

沐川： 管他谁，只要能抓就行。

老黄： 会不会因为别的事？

沐川： 所里要咱配合，那肯定是因为野天鹅的事。

晓飞： （茫然）去哪？

老黄： 回屋等我。

○ 外　某省道/县道　夜

数辆豪车疾驰在路上。

○ 内　生肉仓　夜

大厅地板上放着一个笼子，被关的野天鹅发出咯噔咯噔的声音，挣扎着试图破笼而出。贾老板焦急地看表，等老板们到来。

○ 外　郊外村道　夜

豪车纷至沓来，赶着"吃面"。

○ 外/内　路上/小面车内　夜

沐川开车，老黄副驾，大周坐在后面，三人也赶往肉仓。

○ 内　生肉仓　夜

贾老板坐不住了，拿起电话想催，但又觉得不妥。这时铁门轰隆一声被踢开。贾老板满脸堆笑相迎，然而冲进来的却是警察，还有老黄、沐川和大周。贾老板顿时笑意全无。

○ 外　郊外　夜

车灯光柱四射，数辆豪车纷纷拢在一处水洼前。老板们下车，笑脸相迎的却是舵主B。老鬼背着手踱步而来，派头十足。原来，邀请众人来"吃面"的是老鬼。

○ 内　生肉仓　夜

警官：有群众举报，你这里涉嫌贩卖国家一级保护动物。请你配合调查。

贾老板被按在笼子上，双手上拷。老黄呼啦扯下油布，赫然露出整齐码放的两层铁笼，每一个笼子里，关着一只濒死的天鹅。

○ 外　郊外　夜

老鬼手一挥，两列大灯点亮，光之所及，照亮了围栏里圈养的数十只野天鹅。老板们顿时啧啧称奇，眼里尽显贪婪之情，似乎大捆的人民币摆在眼前，等着去抢。

舵主B：诸位老板，从今往后，美食升级，天鹅肉——我们只吃活的！

话音未落，大头端着一大盘冒着热气的天鹅肉依次到每个老板面前，后面小弟奉上一杯红酒。

老鬼：来的都是朋友，都是贵人，大酒店吃腻了，赏脸来我这个农家乐尝尝最新鲜的野味，这里的天鹅，都是现杀现煮，如果觉得口味还不错，欢迎大哥们把这里当成自家后院，常来玩！来，敬大家！

老鬼说得铿锵有力。有的老板大嚼二喝，有的轻啖一块细品，总之，每个人都乐不可支。

○ 内　生肉仓　夜

贾老板在呼喝中被拷带上警车走了。留下一名警官做登记。沐川显得非常轻松，然而老黄仍旧眉头紧锁。

沐川：总算是把问题解决了！可喜可贺！

老黄：（问警官）警官，是谁举报的？

警官：就是你们湿地站啊！

沐川：啊？谁啊？老黄！不会是你吧？（老黄摇头）大周！是你吗？（大周也摇头）

警官：（看着这么多惨遭虐待的天鹅）这个姓贾的肯定是重判。

沐川：太解气了！

老黄仍旧满脸狐疑。

○ 外　郊外养殖场　夜

众老板逗弄天鹅，有的拿竹竿捅，有的试图抚摸。

老鬼： 今天请大佬来还有一个目的，如果各位觉得口感不错，以后就从我这儿上货。

老鬼边说，边瞄众人反应。有几个老板看似不买账。

胖子老板： 我们也都是小本买卖，你这活的品相倒是不错，可是价格太高谁吃得起啊！

老鬼： （笑笑）价格跟以前一样，以前买死的多少钱，现在同样价格，而且包运输。

众人纷纷点头，表示赞许。

高尔夫帽： 我们和老贾十年的关系了，就这么转单，不太合适吧？今天来这里，不也是因为收到老贾的短信吗？哎，对了，老贾呢？

听到说起贾老板，老鬼不回答。舵主B上前一步。

舵主B： 高老板，短信是我发的，老贾呢，现在恐怕已经进去了。

高尔夫帽： 什么？！

舵主B： 实话实说吧，贾老板那儿早就被盯上了，进去是迟早的事。可我们不能没饭吃啊，而且还得越吃越饱才对。咱们这几年给他老贾卖野鹅肉，谁不担惊受怕？自己赚的那点儿钱都不够上下打点的！

有些老板表示认同。

老鬼： 贾老板他现在是泥普萨过河自身难保。翻篇吧，各位。赚钱的事不能停，对不对？俗话讲现金流嘛，得流起来，而且得越流越多，越流越大才行！用个时髦的词，这叫产业升级。从今往后我们都是要大吃红利的！

有老板叫好。老鬼心知事情已成。

老鬼： 我老鬼其他本事没有，天生就招野鹅，只要我出现，这些蠢东西翅膀就张不开，腿就发软，伸手抓就完了。他们说我是野鹅的天敌。我说不对，我是野鹅的主子。所谓靠山吃山，靠水吃水，咱这是——靠鸟吃鸟！（众人哄笑）所以，各位老板，不要担心货源。今天这些鹅，你们随便抓，抓几只送几只！就当锻炼身体了，去吧！

这帮脑满肠肥的老板，带着小蜜，冲进了围栏。众人如此"捧场"，老鬼颇满足地欣赏着这个场面，就像看一帮儿孙玩耍。

○ 内　湿地站走廊　夜

老黄、沐川刚回站，就遇到了在门口蹲着的梁文斌，晓飞听到声音也跑了下来。

梁文斌： 听说姓贾的被抓了？

沐川： 对，我看着这个王八蛋被拷上！太解气了！

○ 内　湿地站办公室　接上

梁文斌： 这个王八蛋！罪有应得！审他的时候我要去看！给我家投毒！他奶奶的！

大周： 还有我家！

沐川： 老黄，你怎么了？一路上也不说话。

老黄：（情绪不高）我觉得这事挺怪的。

沐川： 怎么个怪法？

老黄： 这么轻易就抓了？

沐川： 那可不，叫他狂！

老黄： 可其他人嘞？那天不是还有一个挺狠的人吗，要跟咱们打赌那个。

沐川： 跑了呗。

梁文斌： 我得跟县里好好汇报汇报！沐川你是不是也要汇报？

沐川： 那肯定！重大胜利！大家都没白忙活。

老黄： 不行，咱们不能留隐患，有漏网的，说狠话的那个人一定有大问题！！

沐川和梁文斌相视无语，突然又大笑一声。

老黄：咱们必须增加人手，倒班巡湖，决不能停！

沐川：老黄，不用这么紧张！你绷得太紧了！晓飞你监督，让你爸睡几天好觉！

梁文斌：……不早了，我得先回，再晚我家那口子该吃人了！

老黄：老梁，别走，你再叫点人来……

梁文斌：（一听来气）还叫什么人！老黄，你得懂擒贼擒王的道理，咱把王都给拿下了，那些只会说点狠话的小毛贼，现在早溜了！你还巡什么巡，消停几天，啊！消停几天……

老黄：那个姓贾的一看就不是下水抓鹅的样子，盗猎的必定另有其人，我敢打赌那个鬼眉鬼眼的肯定有问题！要是不一鼓作气抓了他们，还要作案的！

梁文斌唉一声，拍拍屁股走人，生怕老黄逼他"招兵"。

沐川：老黄，你绷得太紧了。你看，你一来咱就打了大胜仗，立了大功！我给上级汇报，看看能不能有什么安排。快去休息休息吧！

沐川露出一抹微笑，继续写材料，不理会老黄。

老黄：休息个屁！

老黄头也不回地走了。

沐川：哎！老黄！你……晓飞……

晓飞也跟着跑了。

○ 内　湿地站　日

报社记者、电视台记者纷纷找沐川和村长做专题报道。老黄找沐川，却总是说不上话。

切

○ 外　湿地站后院码头　日

老黄要去巡湖，找不着船，看到一群人在码头吵吵，走近一看，是电视台记者们给巡湖队员们拍报道视频，船成了道具，众人摆拍，很夸张。

切

○ 内　公共车　日

老黄带着晓飞在离开安水村的路上。

○ 内　老黄家　日

老黄进门随手把手提包一扔，一头扎到卷饼车的修理清洗上。

晓飞： 爸，你真不休息？

老黄：（头也不回）休息啥，你累吗！以前怎么过现在照旧！明天一早卖饼去。

晓飞： 那我买鸭肉去了。

老黄听到鸭肉，愣了一下，又继续擦洗。

音乐起蒙太奇段落

○ 外　湖区某处　日

老鬼在船上坐镇指挥，大头带着一伙弟兄收网，鹅毛漂满了湖面。

○ 内　县林业局会议室　日

沐川打开牛皮纸袋，抽出汇报材料做工作汇报，副局长频频点头。沐川露出
自信的笑容。

○ 外　湖区某处　夜

老鬼哨声一响，天鹅们纷纷踩水起飞，但双腿还没能离开水面，翅膀扑腾几
下纷纷掉落水里，原来水里布置了大量的暗钩陷阱。大头带人蜂拥而上，湖水被
天鹅血染红。

○ 外　街角　夜

老黄情绪低落，虽熟练地做着鸭肉卷饼，但却频频出错，给小孩子的放了大
勺辣椒，引来不满。晓飞看在眼里。

○ 外　郊区养殖场　日

俨然成了私人俱乐部，老鬼已经和众多老板打成一片，胖子老板、高尔夫帽
等人支起了麻将桌，边喝红酒边吃鹅肉，边打牌，桌上的现钞散乱。

○ 内　养殖场房间　接上

老板带来的姑娘和大头甚至在一大堆鹅毛里鬼混。屋里屋外房檐下挂满了祛
了毛的腊天鹅。

○ 外　公路　夜

斗子蒙着油布的小卡车疾驰在路上，竟也通过了"绿色农产品通道"开往城市方向。

○ 外　长江航道　日

一艘货船，货仓里蒙着油布的一角发出动物挣扎的声音，但在嘈杂的马达声中，显得微乎其微。

○ 内　老黄家　夜

老黄和晓飞继续日常，只是老黄更加沉默了。二人吃完饭，晓飞主动收拾碗筷去洗，老黄拎着收音机独自待在小阳台抽烟。

○ 内　老黄家阳台　接上

收音机：各位听众、亲爱的朋友们晚上好，今天是腊月二十三，按照咱们的传统今天过小年，要准备点心祭灶糖，到晚上一家人团团圆圆的时候再吃，必须要一家人都在家的时候才能吃呦，缺一不可……

老黄咔地拧转了台。

收音机：案情通报：来自我市公安厅的案情通报，发现城北农贸市场的多家商户贩售野味，已经取缔查处，经统计，野生天鹅23只，旱獭12只……

老黄生气地关了收音机，猛吸一口烟……他的手不听使唤地又打开了收音机。

收音机：野生动物是人类的朋友，捕杀、售卖野生动物后果严重，不仅破坏生态，甚至可以引起瘟疫疾病，是严重的违法犯罪行为……

晓飞（OS）：爸！爸……

老黄听到了晓飞叫他，随即关掉了收音机，离开阳台。

○ 内　老黄家客厅　接上

一个朴素而端庄的中年妇女（月娥）站在客厅中间，小桌上放着一兜鸡蛋一
包生肉。她用关爱的眼神看着晓飞。

老黄： 来了。

月娥： 今天不是小年么，给儿子做顿红烧肉吃。

老黄： 吃完饭了。

晓飞：（笑着小声地）其实没吃饱。

月娥二话不说，抓起肉进了厨房。

晓飞：（跟了进去）我给妈打个下手。

○ 内　老黄厨房　接上

月娥动作麻利地做红烧肉。

月娥： 你俩前两天去哪了？电话老也打不通。

晓飞： 我，陪我爸出去了趟。

月娥：（笑着）那个老抠门带你旅游了？

晓飞： 啊，算是旅游吧，嗯。

月娥听出不对劲，盯着儿子，突然把手里的肉扔案子上。

月娥： 难不成你跟着他去巡湖了？

晓飞： 呃，其实也不是。

月娥： 老混蛋……

○ 内 老黄家客厅 接上

月娥火急火燎地冲到客厅，劈头盖脸问老黄。晓飞赶忙跟出来给他母亲灭火。

月娥： 你一个人作还不够的！拖我儿子下水……

月娥骂一半，愣住了，客厅里还站着一个人，手里拎着大包。

晓飞： 沐川叔，你什么时候来的！

沐川： 啊，晓飞，我刚进门。

老黄： 呃，这是我前妻……（对月娥）你又拿刀……

沐川： 嫂子好，消消气……

老黄： （对月娥）你把刀放下再说。（顿一下，对着沐川）你又来干吗？

月娥： ……老黄，这多少年了，你怎么还这样！一把年纪了还要去抓人，你不要命我早就懒得管了，怎么？你是不把晓飞拉下水不罢休吗？

沐川： 嫂子，我多句嘴啊，老黄是个好人，这一个月来，老黄带着我们巡湖队立了最大的战功！这不，县里都发表彰信了……

沐川赶忙从包里掏出一份文件，打开，递给月娥。月娥不接不看。

月娥： 老黄是个好人，我知道，他的为人我最了解。可是你现在不比当年了啊，你现在还能像以前那样，为了追人家一条船，在水滩里连走四个小时不带停的？你现在还能像以前那样为了抓个现行，在冷水里趴个小半天？

老黄抹了一把脸，低头不语。月娥把刀轻轻放下。

月娥（继续）： 咱们都是小老百姓，有些大事，咱们做不了。你还不明白吗？人家那些打鸟的，一茬一茬都是年轻小伙子，可正儿八经护鸟的人呢？又添了几个？

沐川无可奈何地垂下了胳膊，手里的表彰信显得特别讽刺。月娥一把拉过晓飞。

月娥（继续）： 人说子承父业，难道你希望晓飞跟你一起，天天跟那帮亡命徒对着干吗？！你不为晓飞想想，这就是他将来要干的事吗？以前，我天天担心你能不能安全回家。难道以后还要我天天担心晓飞能不能安全回家吗?

月娥忍不住哭了起来。晓飞抱住了妈妈。老黄抱着头，使劲挠头发。

老黄：我只是在做一件让我心里觉得能安宁的事……

切

○ 外　鄱阳湖区　日

老黄只身一人划船，不远处白天鹅成群结队徜徉在湖面，他缓缓地驶入鹅群，就像看到了老朋友。

老黄（VO）：……我就想啊，那么美的鄱阳湖，你划着船在水上走，一群大鹅也跟着你……

他伸手抚摸大鹅长长的脖子，几声低鸣传来。他似乎也变成了一只大鹅，融入了水天一线中。

切

○ 内　老黄家客厅　夜

老黄（继续）：可我没想到，我心里的安宁却是用失去整个家换来的。当爸的，哪个希望自己孩子天天活在危险中。这几年我尽量让自己忘记鄱阳湖忘记大鹅，忘掉那些盗猎人的嘴脸。说实在话，我也不想这样……

老黄把憋在心里多年的话说了出来。

老黄：沐川，不怕你笑话。晓飞这么大了，我只带他出去坑过一次，还是去动物园看鸟。孩子挺懂事，非但没提过一次要求，还天天陪我卖饼。（晓飞哭着笑了，老黄也抹泪）每天都是笑呵呵的，这点像他妈。挺好的孩子。晓飞，爸对不住你啊。

晓飞哭着一个劲摇头。

老黄：咱话赶话说到这儿了，爸觉得吧，你还是跟你妈过，她更不容易，也让她心里踏实点。

晓飞说不出话，紧紧握着他妈妈的手，但也不点头同意老黄说的。旁边的沐川眼眶湿润。

沐川：老哥，我打心眼里佩服你。刚刚听你说了这么多，我增加了一份尊敬，我敬佩你！真的。无论从工作上还是为人上，我敬佩。

沐川站起来给老黄鞠了一躬，然后掏出另一个信封。

沐川（继续）：其实我今天来找你，也是带了好消息的，可现在看来，这不是什么好消息。我觉得挺羞愧的。

沐川把信封递给了老黄。众人不解，老黄打开信封，抽出一张纸，展开看是一份红头文件的复印件。

文件：……决定正式聘用黄正祥（男，42岁）同志为临水县湿地保护站巡护员，聘期五年。请县人事局尽快安排为其定岗定编……

老黄双手颤抖，眼泪打转。

沐川：老黄，我承认这份肯定来得太晚了，可终究还是到了。我还想告诉你，县里、站里都特别希望你能加入巡护员队伍，有组织才有力量！而且……其实，刻不容缓——

沐川把大包拉链拉开，摊在众人面前的，是一大卷丝网、一组滚地钩和一盏高强度照明灯，上面沾满了血。

沐川：你走之前说的对，真正的凶手并没有抓到。这是我昨天巡湖查到的。我和老梁都大意了，老黄，我着急着表功，也是想为大家争取更好的条件，争取些装备……他们实在是太嚣张了！整片湖水都是黑红黑红的……

月娥和晓飞惊得张大了嘴。

老黄：（打断）你别说了。

沐川：老弟我知道你付出了很多，本应该有的又来得太晚。（顿了一下）嫂子，对不起，搅黄了你们的小年饭，我先走了。

沐川摸摸晓飞的头，起身离开。

沐川：老黄，不管你做什么样的决定，你都是我最敬佩的人。

○ 外　街角　日

老黄一个人蹲在饼车旁，抽烟，若有所思。有人来买卷饼，老黄摆摆手示意已经卖完。

○ 内　老黄家阳台　半夜

老黄坐在竹椅里看着外面的月亮，手里的烟灰一大截，掉身上都没发觉，灭掉烟，他给沐川拨通了电话。

沐川（电话）：老黄？

老黄：（声音低沉）干吧！

○ 外　银行门口　日

老黄从银行出来。

○ 内　购物广场　日

一身土气的老黄盯着橱窗里模特儿身上的高档休闲套装出神。

○ 外　县城街上　日

崭新的皮鞋，笔挺的卡其色休闲裤，深蓝色泛光夹克……穿了高档货的老黄，也不驼背了，快速走进一家农贸市场。

○ 内　农贸市场　日

老黄两眼像鹰一样找寻。他走到一家卖鸡肉的档口，直勾勾地往里瞅。

店主： 要什么？

老黄： 野——

店主： ——不卖！从来没卖过！

○ 内　某档口　接上

老黄： ……我开饭店的，要得多！

店家： 再多也没用，没货，谁家也没货，你走吧。

○ 内　生鲜市场　接上

老黄询问，店家摇头，指指前方。老黄顺着指引找去，仍无果。路过的几家生肉店都大贴封条。即使有店门开着的，店家也都是摇头摆手。

○ 内　卫生间　日

老黄撒泡尿，一个叼着烟的人走到他旁边的尿池，偷偷打量老黄。老黄也看他一眼。

烟客： 老兄，看你转来转去，买什么东西买不着？

老黄： 想买点野味。

烟客： 不走运，市场上周刚被查，你要的东西不好买啊。

老黄： 唉，这咋办，我家老板就好吃点特别的，招待的客人也都点了野味。

烟客： （盯着）你要得多吗？

老黄： （盯着）你有多少？

烟客提裤子，洗手。老黄跟了出去。

○ 内　生鲜市场一角　接上

烟客在裤子上擦干手。看老黄跟了出来。

烟客： 手机给我。

老黄掏出自己的诺基亚。烟客在上面按了一个电话。

烟客： 打这个号，记住，说小姚介绍的。

老黄： 姚兄弟！老哥真是有福，遇到你了！

烟客： （笑嘻嘻）都是混这碗饭的，互相帮帮忙嘛。

烟客离开。老黄拨通了电话。

电话： 谁？

老黄： 小姚的朋友，说你这儿可以买点新鲜肉。

电话： （沉默几秒）到沙洲生鲜市场东门。

老黄： 哪家店，怎么找你……

电话挂断，老黄立即前往。

○ 外　沙洲生鲜市场东门　日

大中午的市场人不多，老黄四下张望，一看就是在等人。摩的穿来梭去，老黄不耐烦地又拨电话，可没人接。这时，一辆摩托车驶来，滴一声停在老黄身旁，骑手戴着头盔。老黄会意，上了摩托。二人疾驰离开。

○ 外　公路　接上

骑手换挡，摩托车加速。

老黄： 兄弟，咱们这是去哪儿？

骑手： 一会儿就到。

摩托车很快从城镇开到了郊外的乡村，路也变得不太平坦，但车来车往的也不算少，两边绿油油的庄稼嗖嗖往后走。

○ 外　农庄　日

摩托车终于停下。

骑手： 10块。

老黄愣了一下，随即掏出10块。

老黄： 我一会怎么回？

骑手： 他们管送。

一溜烟，摩托车走了。老黄仔细观察周围。农庄位于城郊边界，农家餐馆的装饰，为了迎接春节，大门张灯结彩，四周围挂满了彩灯。不到饭点，大门不开。老黄电话突然响了。

电话： 绕后门进来。

说完就挂断，没一句废话。老黄绕到后门，传来凶猛的狗叫声。门开着条缝，老黄轻轻推开，看门人端一缸浓茶，盯着他。

老黄： 我，是那个刚刚打了电话的那个。

看门人： 电话给我，走的时候再拿。

老黄交出电话。好死不死，电话响了。

看门人： 13810637266。

老黄： （赶忙解释）我儿子！

看门人： 你儿子？

看门人盯着老黄，拇指按下了接听键，放到自己耳边。

电话： （沉默一秒）爸！我回家了。你跑哪去了？喂……

看门人把电话免提打开。

老黄： 喂。

晓飞（电话）： 爸，信号不好啊？你去哪了？

老黄： 我出来办点事，完事我打给你。

看门人挂断了电话。气氛从剑拔弩张变得稍稍缓和。看门人打开一扇铁门，老黄先进，看门人押后，把门反锁。

○　内　农庄后厨通道　接上

通道灯光昏暗，旁边几间屋子传来麻将声，但不吵。通道尽头是后厨。二人掀开门帘进入。

○　内　农庄后厨　接上

后厨的操作间，几个脏兮兮白大褂厨师忙碌地颠勺炒菜，火光映红了他们一张张油腻的大脸。地上，两只嘴巴被缠上胶带的鳄鱼在爬，但似乎受伤严重，行动缓慢，一个厨子抬脚踢了它一下，鳄鱼乖乖爬向另一边。声名显赫的沼泽之王，如今沦落到这步田地。

老黄步子不由地放慢，这后厨毫无卫生可言，脏兮兮的地面，靠墙堆满了铁笼子，里面装着各种各样的动物，最上面一排是大雕、旅鸽、猫头鹰等禽鸟类，中间一层有蛇、龟这些爬行动物，最下面一层则是猴子、穿山甲等哺乳动物。上层的排泄物自然落到下层，混在了食盘里。

这里俨然是野生动物的受难地！

老黄看着这番惨景，拳头紧握，嘴角抽动。

看门人： 走吧，别看了，不是大老板可吃不起。

老黄： 这些……贵吗？

看门人：（压低声音指着蛇）看见没，九制大皇龙，一盘3000。（老黄瞪大了眼睛）

看门人拉着老黄转进了另一扇门。

〇 内 会客室 接上

一个始终笑容满面的光头（黑哥）招呼老黄，看门人随即离开。

黑哥：老板，请坐。怎么称呼？

老黄：我姓黄。

黑哥：黄总，刚才你也看到了，要什么有什么。干咱们这行的废话不多说。你想要什么？

老黄：你那些猫头鹰、蛇什么的，我们老板早吃腻了。其他的还有吗？

黑哥：天上飞的山里跑的水里游的，你说想要什么？

老黄：天鹅。

黑哥：哈哈。看来黄总懂行，这种白货早三个月、晚三个月都吃不着。前厅有雅座，你们老板来前打个电话，什么口味都能做。

老黄：吃就免了，我来给我们老板的饭店上点白货。

黑哥：哦？要多少？

老黄：20只。

光头黑哥往后一靠。

黑哥：有点意思。那得等两天了。

老黄：怎么？难道不是一手的？

黑哥：当然是一手的。

老黄：还有——死的不要，残的不要，要一根毛都不少的。

黑哥：黄总，豪气！一根毛都不少的……可不是哪个人都有这本事啊。你能运得出去吗？恐怕你连高速都上不去吧？

老黄：你只管抓你的，运货那都不叫事儿。你就说能办不能办吧。

黑哥：（盯着老黄）这算什么，莫说20只，200只我大哥也拿得下。价格嘛，15万。定金5万。

老黄心里咯噔一下，仍旧镇定如常，拉开夹克，从里面掏出三捆钱。

老黄： 钱不是问题，先给你3万。

黑哥刚要拿钱，老黄用力按着——

老黄（继续）： 不过还有个要求。我要去你们的湖区交易。

黑哥： 哈哈哈，你确定？鄱阳湖可不是一般的大。

老黄： 海都有个边呢，何况只是个湖。

黑哥： 我可以带你进去，能不能出得去，要看你本事了。

老黄慢慢把手抽回。

○ 内　老黄家　夜

老黄拖着疲惫的身子进门，晓飞在家。

晓飞： 爸，干嘛去了？

老黄： 出去了趟。你不陪你妈回来干吗？

晓飞：（笑着）我觉得你更需要我陪。明天的鸭肉我买了，车也擦了……

老黄： ……我明天回湖区。

晓飞： 我知道。

老黄：（惊讶）你咋知道。

晓飞： 不抓住那个人，你怎么肯罢休。

老黄笑了。

晓飞： 但我实在想不明白一件事。

老黄： 你说。

晓飞： 你抓人就抓人，还倒贴钱？（老黄一愣）你扣扣搜搜攒的那十几万去哪了？

老黄： 你真是个特务。

晓飞： 下午打电话听你声音就不对，来，给我看看，买了什么先进武器。

老黄： 买天鹅去了。

晓飞： 别闹！

老黄： 真的，不下个大单，怎么能找到元凶！

晓飞： 被骗了怎么办！

老黄： 我感觉不会的。晓飞，我跟你讲，鄱阳湖太大，我们在明，他们在暗，跟鬼似的搞游击。所以我反其道而行！让他们自己的人带我见那个家伙。要想认识他们内部的人，进货是唯一的办法。

晓飞： 舍不得孩子套不住狼，是吧。

老黄： 对！不入虎穴焉得虎子！

晓飞突然变得忧虑起来。老黄明白儿子的心思。

老黄： 放心，你爸纵横几十年的秘诀是：好汉决不吃眼前亏！

晓飞： 我要跟你一起去。

老黄： 瞎说八道，你找你妈去，或者在家等我也行。总之，这次你不能去。

晓飞： 那你也别去了，我不同意。

老黄： 还有湿地站的沐川，小赵，说不定老梁还能带几个小伙子一起，放心吧。再说了，你在我会分心。

晓飞： 我肯定不会拖你后腿的。那些买饼的不都说咱俩配合得很默契吗？

老黄： 儿子，爸清楚得很，你做事不拖泥带水。但这事和卖饼可大不一样。这次就这么定了，等我回来后咱们开个店，把饼车升级！

晓飞： 太好了！咱再不怕刮大风下暴雨了！

老黄： 嗯！爸给你保证！去，洗洗睡了！

晓飞（OS）： （浴室里）爸！你的钱还够开店的吗？

老黄： 你别瞎操心！

老黄听着儿子高兴地洗澡，看着包里的十几万现金，神情黯然。

○ 内　农庄老板间　夜

光头黑哥毕恭毕敬地站在胖子老板前。

胖子老板： 靠谱吗？

黑哥： 肯定没问题。带他去养殖场开开眼，他老老实实地买货走人以后还可以做个长线买卖，胆敢耍诈，我直接把他扔湖里，不死也残。

胖子老板： 老鬼一再说不要泄露养殖场的位置。

黑哥： 哥，这个好办，我来安排！保证万无一失！

胖子老板： 得，你看着办。对了，记住，下次不管是谁，要订货，先留定金！

黑哥：（打自己脑袋）哥，我错了，绝不再犯！

胖子老板： 好好干！哥看好你！

胖子老板笑嘻嘻地离开。

○ 内/外　老黄家/楼下　日

晓飞趴在窗户上看到老黄在楼下门口等到了急匆匆赶来的沐川，二人说了几句，匆忙离开。晓飞随即背包出门。

○ 外　街边　接上

一辆面包车停在老黄和沐川面前，车窗摇下，光头黑哥戴着墨镜。

黑哥： 他是谁？

老黄： 我老弟。

黑哥： 他不能去。

老黄： 他肯定得去，后面靠他送货。

黑哥：（犹豫一下）上车。快！

二人钻入面包车后疾驰而去。不远处躲着的晓飞看在眼里。

○　内　面包车　接上

车里还坐着两个小弟，加上黑哥和司机，共六人。

黑哥： 老兄，对不住了，咱得按规矩办。

老黄： 有必要这样吗？

两个小弟给老黄和沐川套上了黑色头套。

○　内　公车　日

晓飞上了车，他把帽衫的帽子套在头上。

○　外　老鬼养殖场　日

面包车颠簸着到了院子里，停下，几人下车。老黄和沐川摘下头套，赶忙观察四周。这时胖子老板迎上前。

胖子： 黄总，久仰久仰！

胖子热情地握手，老黄沐川二人在快速推测这是哪里。

胖子： 真是不好意思，黄总您受委屈了。下次您再来咱就省去这些有的没的环节。哈哈哈。

老黄： 带我们看看货吧。

胖子： 啊，来来来，这边请！

胖子、光头黑子在前，老黄、沐川在中间，后面还跟了几个小弟走到水滩栅栏边上，拢在一起的天鹅在篱笆里扑腾，可是被一张笼罩的大天网盖着，始终飞不起来。沐川看得呆住了，他从没见过这个场面。老黄则绕着栅栏走，眼睛不住地看外面和四周环境。

○ 外/内　湿地站/办公室　日

晓飞径直进入湿地站，推开办公室的门。

小赵：晓飞？你怎么来了？

○ 外　养殖场　日

老黄试图找出此地位置，但看来看去，四周也没有明显特征的地标，老黄心急如焚。光头黑子发现老黄注意力并不在天鹅身上，总是四下乱瞅。

黑哥：黄总，感觉货怎么样？可以交接了吧。

老黄：啊！好不容易来湖区，再让我玩玩，看看。（对沐川）你觉得这么多活蹦乱跳的大鹅，怎么运才好？（使眼色）

沐川：（领会）是个问题啊，黑哥，要不这样吧，你告诉我这里的位置，我的车队才能直接拉走货。

黑哥：这好说，付了钱也来得及嘛。黄总。十二万带了吧？

沐川一听愣住了，这么多钱，他紧张地盯着老黄。老黄则气定神闲，拍拍手提包，钻进了大奔车里，和胖子老板交接去了。不一会，车窗摇下，胖子老板比了个ok手势给光头黑子。

黑哥：给你小弟打电话吧，我跟他直接说。

沐川：这……

黑哥：怎么？没准备车吗？哈哈哈

沐川硬着头皮调出小赵的电话，紧张地拨打，电话接通瞬间，沐川生怕小赵说漏嘴，赶忙说话。这时，老黄下了车。

沐川：小赵，记个地址，快。

小赵：啊？哦，行……

黑哥：曹门村西的土路，看到死了的歪脖树转进来，直着开就到了。

沐川：记准确！听着，告诉老梁，叫上哥几个，赶快。

没等小赵回话,沐川赶快挂了电话。他瞅着老黄,似乎想问哪来的十几万,老黄面无表情。

沐川: 事情办完了,我们就先回了,还有事要办。

黑哥: 不看着装车吗?

老黄: 我相信你们,不会差数的。

远处传来一阵阵马达声,几艘船从湖区驶来,即将靠岸。

胖子: (乐呵呵地)兄弟,赶得正巧,我们大哥回来了。介绍你认识下,以后都是自己人了!

老黄和沐川对视一眼,二人心知不妙,迟疑中。胖子倒是热情,一手一个拉着老黄和沐川往堤畔走去。

○ 外　养殖场堤畔　接上

胖子: (高声、兴奋地)大哥!介绍个出手豪气的老板给你认识!

第一艘靠岸的马达船引擎已经熄灭,上面载满了用网子兜着的死伤天鹅,胖子的声音刚落,一个人精瘦的人从忙着搬货的人群中走了出来,老黄和沐川一看,顿时暗暗吃惊,果然是老鬼。

老鬼像鹰一样的眼睛死死地盯着老黄和沐川,而二人也以眼还眼。老鬼抽着烟斗下船,踩着水花走到了二人前面。

胖子: 鬼哥,我给你介绍——

老鬼: ——免了。二位,别来无恙!

○ 内　湿地站办公室　日

小赵还没反应过来怎么回事。手里拿着写下的地址,挠头。旁边的晓飞嗖地夺过纸片。

晓飞: 快给梁村长打电话,就说沐川叔找到盗猎人的老窝了!快去救他们!

说完，晓飞掏出手机，拨通了110。

○ 外　养殖场堤畔　傍晚

老黄冷静许多，沐川显得异常紧张。光头黑子和胖子瞪大眼睛看着眼前这出意想不到的情景。

老鬼： 大家来认识下，这位是大名鼎鼎的湿地站张沐川张站长。这位呢，是湿地站的新任巡护员，叫——

大头（OS）： （走了过来）黄正祥。

老鬼： 你们的底细我摸得很透。没想到啊，你们竟然能找到我这儿？（把胶皮手套脱下，甩给站在旁边的胖子老板，有责怪之意）刮目相看！

黑哥： 啊！你们竟然钓我鱼！

光头黑子气得到处找家伙要揍老黄沐川二人。

老鬼： 行了，别给我装，收了多少钱？

胖子老板： （怂了）都，都在车里。

大头大步走过去，从奔驰车里拎出手提包。老鬼看了看，让大头收好钱。

老鬼： 为了这么点钱破坏规矩，回头跟你俩算账。

老黄： （哼哼一笑）为了这么点钱，你杀了多少天鹅？

老鬼： （头扭过来）哎哟呵，冒出个圣人！上次在老贾那儿我就觉得你不是个善茬，没想到还是个明大理的圣人君子！

老黄： （对着周围的人）你们都这么年轻，有胳膊有腿的，非得跟着他干这种杀生缺德的事……

周围忙着搬死伤天鹅的年轻人纷纷停了下来，站在原地听。老鬼眼角抽动。

老黄（继续）： 跟你们挑明了吧，现在认错还来得及，该回家的回家——

老鬼动作极快地抽了老黄一巴掌，打断了老黄对他弟兄们的劝告。

老鬼： 你是不想活了，管我的事？！我们做点小买卖，有人买，我们卖，碍你什么事了？鄱阳湖这么大，天鹅这么多，抓几只还犯法了？

沐川： 抓一只就犯法，何况你们这是有组织犯罪，我告诉你们，现在认罪还能少判几年，要是再执迷不悟，都是重刑！

大头（OS）： 重刑！

不知从哪里冒出来的大头，照着沐川的头就是一棒子。沐川瘫倒在地，血汩汩冒。

老黄： 住手！人命关天，你们要干吗！

愣头青大头根本不理会，挥着敲鹅头的木槌打老黄。老黄眼疾手快，躲开了第一棒，用力踹大头的膝盖，只听咔嚓一声，大头一条腿断了，老黄顺势一拉一拽，大头倒地，老黄抢过木槌，一手掐着大头脖子，但突然感觉到自己脖颈一片冰凉——老鬼手持一把挂着干血浆的砍刀架在了自己脖子上。

老鬼： 你动一下试试！

老黄慢慢松劲儿，放开了大头的脖子，试图起身，老鬼的刀重重地下压。

老鬼： 给我跪着！

这时，一个惊慌失措的小弟从养殖场大门跑了进来，头上冒着汗，狼狈不堪。

看门小弟： 鬼哥，不好了！警察来了！

众人慌作一团。老黄趁老鬼分心，推开砍刀，扑上去试图制伏老鬼。老鬼机警异常，后撤一步，扭头就往水滩跑，老黄大步追赶。

两辆警车、一辆皮卡冲了进来，警察、梁文斌、小赵、几个村民还有——晓飞，与盗猎分子对峙。

○ 外　堤畔某处　接上

老鬼朝着一艘船跑去，但步幅极大的老黄，很快追上了老鬼，奋力一跃将其扑倒在水洼里，老鬼边爬边用脚踹，老黄则双手抱住老鬼的一只小腿，用力掰，只听惨叫一声。

○ 外　养殖场大院　接上

在警察的威慑下，毛贼们纷纷抱头蹲下，等着上拷。小赵和老梁检查倒在地上的沐川。而晓飞则焦急地四处找父亲。突然，众人听到一声惨叫。

○ 外　堤畔某处/马达船　接上

老鬼拖着一条腿，把手里滴血的刀当做拐杖，一步一瘸地爬上了一艘船，马达轰鸣，快速驶离堤畔。晓飞第一个冲到堤畔。

晓飞：爸！爸！你在哪？爸——

老鬼提着滴血的刀站在船上，看着晓飞、警察、老梁和村民等人四处找老黄。晓飞拭去眼泪，恶狠狠地盯着越走越远的老鬼，紧握双拳。

切

○ 外　湖区滩涂地　黄昏

一切归于平静。风声、蛙声，水草声此起彼伏。水位慢慢下降，野生藕根露出，天鹅扑腾着觅食。老黄，仰天躺在滩涂淤泥之中，一节露在外面的手臂，被大鹅当做藕根，钝而有力的鸟喙轻啄几下后，老黄醒了。他挣扎着站起来，感觉右肩膀钻心地疼。他双眼糊满淤泥，努力分辨方向，踉跄几步，摔倒，起来，踉跄，又摔倒。

○ 内　鸟舍某房间　夜

主观视角

昏暗的房间异常安静，"咕噜咕噜"熬汤的声音让老黄恢复意识，他努力地睁开眼——模模糊糊地看到一个人在熬药，那人揭开砂锅盖，升腾而起的水蒸汽挡住了脸。肩膀一阵剧烈的疼痛，老黄又昏了过去。

○ 内　鸟舍某房间　日

阳光铺满房间，老黄被晒醒了。嘴唇皲裂，抓起小桌上的水碗大口喝。清醒了才顾上观察。房间其实算不上房间，用木板、竹枝条穿插搭成，白天阳光充足时，光线像箭一样从缝隙中射进来，别有一番美感。

老黄摸摸伤口，好似结痂，仔细一看，伤口上敷着灰黑色的"壳子"也不知是什么，只是不再疼痛了。外面传来清晰尖亮的鸟叫声，很有规律。老黄好奇，推门出去。

○ 外　马影湖区某处　接上

澄净的马影湖面像镜子一样。空中，群鹤列阵而翔；水上，众鹅涉水起舞。暖冬晴日之下，这里俨然是鸟的世界、鸟的天堂。不远处的一片草坡，像T台一样延伸到水里，一个人站在水边，似在眺望远方的鸟。老黄走了过去。观鸟的人听到老黄的脚步声，转身——一个年近七旬，头发雪白却身材笔挺的老人，平静的眼神里透露着矍铄。

老黄：谢——

老人：——嘘！听！

老黄什么也没听到，表示不解。

老人：这是苍鹭的叫声……现在是白鹤……闭上眼听。

老黄闭上眼睛，迎着微风，仔细聆听。

老黄：我只听到了天鹅的声音。

老人：（笑着）只会吹哨子的天鹅。不好听。（顿了一下）你好多了。

老黄：谢谢老哥！怎么称呼你？

老人：跟我来。

老人一直微笑，带着老黄走到房间后面院子，堆叠了几十个大竹笼子，每个笼子里关着一只鸟，而每只鸟，似乎都受伤了，在恢复中。有两只野性十足的天鹅看到生人，拍打起翅膀。老人赶忙上前，做出安慰的手势，像在安抚年幼的孩子。

老人：没事，没事的。

待大鹅平静，老人慢慢地从一个小笼子里取出一只腿上绑了绿色纱布的鸟，递给老黄看。白纱布上写了黑色毛笔字："春如"。

老黄：老哥，难道你就是李春如？

老人抱着鸟，又折回水边。老黄跟着。

李春如：（笑着）从85年就开始当鸟大夫的李春如可不是谁都能冒名的。来，说一句吉祥话。

老黄：离人远一点吧。

李春如哈哈大笑，双手摊开，翠鸟站了起来，扑腾几下，似在舒筋展骨，然后展翅高飞。

李春如："鄱湖鸟，知多少？飞时遮尽云和日，落时不见湖边草。"

二人看着翠鸟飞远。

李春如：回屋里吧，你伤得不轻，不宜吹风太久。

○　内　鸟舍房间　接上

老黄：李大夫，我怎么会在这里？

李春如：鄱阳湖子湖众多，我这里是马影湖，我每天巡湖一次，看到一只天鹅一直张翅踩水，既不飞也不落，本以为它受伤了，过去一看，是你，半截埋在淤泥里，所幸还有口气在。

老黄给李春如鞠了一躬。

李春如：到底发生了什么事？

老黄：我和朋友跟盗猎的打起来了，他们领头的绰号老鬼，眼看警察带人来救我们……

闪回

○ 外　堤畔某处　日

老黄和老鬼扭打在一起，老鬼腿被老黄死死扣住，发出一声惨叫。眼看警察赶来，老鬼用刀猛砍老黄肩膀。老黄仍旧不撒手，老鬼无奈，在半腿深的水里跟跄上船，马达声中老黄仍旧不愿放手，拖行十几米后，老黄落入了水中。老鬼挣扎着站立，看着岸边怒目圆睁的晓飞，遁走鄱阳湖，消失在了茫茫水汽之中。

闪回结束

○ 内　鸟舍某房间　日

李春如：你出事的地方在哪？

老黄：曹门村西。

李春如：（稍加思考）距离我这马影湖三十里，要是从岸边绕着走，不花十个小时到不了。你是被地下河水流冲到这里了。算是天意。

李春如翻开一本像账簿的大厚本。每页附有一份鸟的病历，上面有照片，表格里记录了鸟的伤情和治疗过程。老黄连连赞叹。

老黄：李大夫，你这是积大德了。

李春如：咱们做的其实是一回事。图个心安。（老黄点头）

李春如：咱这鄱阳湖打鸟的陋习，由来已久啊。以前那会儿，我跟你一样，巡湖，跟那些打鸟的你死我活地斗，这里，这里都是伤。

李春如指指大腿和小腹。

李春如（继续）：家人反对，我想你应该也遇到和我一样的问题。呵呵。后来打不动了，大半辈子耗在跟坏人斗，就像那帮盗猎者们说的，"哎你老李头天生就和我们作对啊？"其实，上辈子大家都不是仇人，咱们爱鸟，尊重这些野生灵，就像尊重每个人一样。打那以后，我就开始医治伤了的鸟，闲下来给人讲讲我和鸟的故事，听了我这些真实的故事啊，很多人不仅不打鸟了，有时还主动帮我救治它们。

老黄：他们说有一天晚上狂风暴雨，雷电交加，后山上林子里的鸟巢全从树上掉了下来，哀鸣不断。你花了整整三天时间，给三百多只鸟治好了伤。

李春如：这事有，但没这么玄乎。其实这样不好，故事传得太玄乎了就没人信了。听说这几年生态好多了，天鹅来过冬的越来越多，打鸟的人也跟着多了起来。

老黄肩膀突然刺痛，手使劲捂着。

李春如：该换药了，你别动。

李春如从一个布包里掏出一把天鹅羽毛，有绒毛有翅羽，把羽毛揉成一团，在火上烧成灰，淋上药汤汁，搅拌成浆糊状，放在纱布上晾着。然后拿起酒精消毒后的镊子和刀，把老黄肩膀的旧疤轻轻撬松，老黄咬牙忍痛，像鸡蛋壳一样大的疤壳被剥掉后，李大夫用力将鹅毛浆糊敷在伤口处，粘好。老黄满脸豆大的汗珠。

李春如：鹅毛烧灰，和野三七汁，可治刀伤。世道轮回，到底是你救天鹅，还是天鹅救你？

○ 内　鸟舍房间　夜

李大夫的这句话，一直萦绕在老黄耳边。他躺着久久不能平复。他摊开手掌，一直鹅骨哨泛着亮光。

○ 外　湿地站　日

晓飞视角
大头、胖子、黑哥等人陆续被押走，晓飞从咬牙切齿，逐渐平静下来。他找到一名干警。

晓飞：叔，警察叔，你们没找到我爸吗？（警察摇头）叔，求求你们了，一定要再去找找，多找几遍，行吗？（哭了起来）

干警：别哭别哭，所里派出去的同事带了警犬，只要人还在那儿，肯定就能找到！好吧，你先回家，我们有消息第一时间会通知家人的。

警察离开，晓飞失魂落魄。

○ 内　县医院　夜

晓飞视角

晓飞看着沐川被推进抢救室，看到梁文斌、村民们进进出出，看着沐川的妻子吓瘫、痛哭。而医生回天乏术，慢慢摇头以告众人抢救失败，沐川妻子昏厥。他产生了幻觉，好似自己父亲死亡，母亲痛不欲生。而自己脚下，似乎涌上来一股父亲出事时所在的那滩湖水，混着鹅毛，混着血，不知是天鹅的还是父亲的。

○ 外　洞子李村　夜

偶有几声狗吠，老鬼拖着一条瘸腿，扶着墙挪，闪进院子里。

○ 内　老鬼家　接上

大半夜的只敢开盏小台灯，老鬼脱掉湿衣服裤子，查看自己的肿胀的小腿。嘴里骂骂咧咧。从暖瓶中倒了热水洗脸洗身体，突然发现自己胸前的鹅骨哨挂坠不见了，翻遍衣服床铺，仍旧不见，盛怒中的老鬼，从床头柜里掏出一把短刀，扎在桌面上。

○ 外　马影湖区　日

披上衣服，迎着日头，到水边找李春如。

老黄：李大夫，我得走了。这几天给你添了很多麻烦！谢谢老兄！

李春如看着面色蜡黄的老黄，感到忧虑。

李春如：你恢复得不太好。虽然伤口没什么大问题，但我毕竟只是个鸟大夫。

说完，俩人都笑了。二人看着远方，沉默一阵。

李春如：你不抓到老鬼不罢休吧。

老黄：能抓一个是一个。我相信过不了多久，国家会收拾这些盗猎者的。

李春如微笑。

老黄：老哥，最后请教你一件事。见过这个吗？

老黄把鹅骨哨递给李春如。

李春如：鹅骨哨子。

李春如两手拢住鹅骨哨，朝向前方，吹出一声清亮的哨音。

李春如：你昏迷的时候，手里还紧抓着这个不放。

老黄：这是我从老鬼身上抓下来的。

李春如：哦？看来这人不简单，鹅骨哨非常稀少。原料和手工都非常考究，我也是听说，现在会做这个的人不多了。

老黄：李大夫你会做吗？

李春如：（摇头）都昌县漆水村的马琴宝老人或许能给你解解惑。你拿着这个去。

李春如给了老黄一条给鸟腿包伤口的又细又窄的绿色纱布，上面写着春如。

○ 外　马影湖　日

老黄划着小船，朝西而去。李春如依旧微笑如春。

○ 外　湖滩　日

老黄把船推到水草丛中，拴牢，大步朝岸上走去。

○ 外　土路　接上

老黄坐在一辆拖拉机斗子里，进入漆水村。

○ 外　湿地站　日

老鬼戴着一顶黑帽子，敲开湿地站门房的窗户。

老鬼：大兄弟，这是湿地站吧？

门房老头：是，你找谁？

老鬼：咱们张站长。

门房老头：（摘下老花镜）唉，人没了。被那群王八蛋打鸟的害死了！

老鬼：哎呀，你看看这事闹的！那咱这里是不是有个叫黄正祥的？俺是他老乡，俺给他送点东西来么。

门房老头：老黄？有几天没见了。你去里面问问。

○ 内　湿地站办公室　接上

老鬼胆识也真不一般，一个人闯进了湿地站。看到一间办公室里有人在写材料，敲门便问。

老鬼：同志，俺找老黄，黄正祥。

办公室里的人一抬头，原来是小赵。

小赵：黄大叔，呃，他，他现在不在。你是谁？你找他干嘛？

老鬼：他村里的亲戚让俺给他带点东西。（把编织袋搁到地上）那我在这等他。

小赵：（说话结巴）哎！我们也不知道他……呃，什么时候能回来……

老鬼：（压低声音）他，他怎么了？是不是跟你们站长一样——

小赵：——老乡，不知道别乱说！你，你要不打电话给他儿子吧。

老鬼：俺没电话。

小赵：来，我给你打。

老鬼：别！老弟，你看反正这东西得送到他县城的家里，要不你告诉俺一个地址，俺直接送过去，省得他娃子跑一趟了。

小赵：也行，我给你写下来。

老鬼眼角止不住地抽动。

○ 外　漆水村的农院　日

老黄推开一户低矮院墙的柴木门。

老黄：是马老家吗？

没人回答，依稀传来叮咚声，老黄凑到正房的门板上，里面好像是在敲打什么金属。老黄轻轻推开门，一个戴眼镜的老妇人手里忙活着，头都没抬。

○ 内　马琴宝家　接上

老黄：马老在家吗？

马琴宝：找马老汉还是马老婆子？要找马老汉直接上那屋。

老黄：（一愣）马琴宝老人。

马琴宝：哦？啥事。

老黄：你就是马琴宝啊！我来想跟你老人家打听一件事。

马琴宝：等着。

马琴宝放下小铁锤，拿起手里的一排由低到高的小铁管（也就两公分）对着阳光仔细观察，而后放在嘴里轻轻吹气，顿时响起一阵美妙的音符。马琴宝径自走到隔壁屋，老黄跟着。

○ 内　隔壁屋　接上

马琴宝把手里的小排管交给一个老头子，老头子仔细查看一番，吹响了几个音，眉头开始皱起来。

马琴宝：怎么？音又不对？

马老汉：你耳朵是不是有问题了最近。

马琴宝：你耳朵有问题。我来。

马琴宝吹响，脸色变得难看，马老汉得意起来，马琴宝操起桌上的小号铁钳子把排管上的一根铁丝挪动了一点点位置。再吹，没有问题了。马老汉给小排管包了起来。

老黄：是不是给鸟腿上装的哨子？

二马愣了一下。

马老汉：哎，怎么还有个人。

马琴宝：来找我的，忘干净了。想打个啥哨子？

老黄：啥哨子都能做吗？

马琴宝：（看了一眼马老汉，二人笑了）对。

老黄掏出鹅骨哨给马琴宝看。二人立马愣住了。马琴宝更是激动得说不出话。

马老汉：上等的鹅骨哨，须用成年大鹅脖颈和胸腔的连接骨制成，去肉留筋，多一片少一片都不行。最难的是，用闷火高温把骨腔烤热掰成合适的弧度，马上浇淋鄱阳水，冷却定型，这样才可以不用打洞，不用穿孔，就能吹出既浑厚又清亮的声音。

马琴宝：（笑着）牛皮吹得这么响，谁做的啊？

马老汉：（笑嘻嘻）古人讲究琴瑟和鸣，当然是老婆子你的手艺！

马琴宝摆好手势，挺胸吸气，缓慢悠扬地吐出，鹅骨哨发出从未有过的鸣声，像极了天鹅在呼唤彼此，又像在低吟歌唱。老黄听得出神，从未有过的清爽。

老黄：我不知道这玩意能吹出这么好听的声音，清爽得很！

马老汉：（重重地叹了一口气后哇哇大哭）我的儿啊！你到底在哪里啊。

马琴宝：（满脸伤感）鹅骨哨怎么在你这儿？你是谁？

○ 内　老黄家楼道　夜

老鬼压低帽檐，一步一步走到了老黄家门前。敲门。

月娥：谁？

老鬼：（挤出点笑）老黄家不？

月娥：你是谁？

晓飞听到有人找老黄，跑了过来，霎时间，他和老鬼四目相对，似乎那一幕又重现。老鬼小却泛着贼光的眼睛，晓飞永生难忘。而晓飞爆发出怒火的眼神，也让老鬼记忆犹新。

晓飞：妈！就是他害死我爸的！

○ 内　老黄家　接上

还没等月娥反应，老鬼身子撞开门，把月娥撞倒在地。他上前一步试图搂住晓飞脖子。但晓飞动作也快，从一旁抓来筷子筒，砸在老鬼身上，月娥起身从后面抱住老鬼。

月娥：晓飞，快跑！

老鬼恨得咬牙，顺势往后退几步推着月娥撞到了卷饼车上，月娥则抓起车筐里的鸡蛋一顿砸，老鬼满头满脸鸡蛋汁，扭身卡住月娥的脖子，任凭月娥扭打蹬腿，老鬼手像钳子一样不松。晓飞一跃，扑到老鬼背上捶打。老鬼忍着，手仍不放松，铁了心要掐死月娥。眼看月娥眼珠上翻，晓飞张嘴，一口咬住老鬼的肩膀，嚓一声，老鬼松开月娥，双手抓住晓飞，像背摔一样砸到地上。头发蓬乱的月娥瘫软无力不住地吸气，晓飞也动弹不得。老鬼找来两根绳子捆好二人，又在各自嘴里塞了抹布。

老鬼： 敢坏我生意，老子搞死你全家！

一切似是办妥，他拧开灶火，点了支烟享受起来。

○ 内　马琴宝家　夜

小圆桌围坐三人，喝水，说话。马老汉不住抹泪，马琴宝也难掩悲伤。

老黄： 二老你们还是得想开些。即使龙生九子还各有不同，何况咱们凡夫俗子。

马老汉： 显贵是我家老小，打小身体不好，他妈、他哥都宠着，最后让他成了个游手好闲的坏人！我们老马家，几代人本本分分靠手艺活，怎么出了这么个王八蛋不肖子！

说完马老汉老泪纵横，可见内心的善良和自责。

马琴宝： 自打从我们这儿偷了鹅骨哨，他就再没回来过。一次都没有。电话联系不上，他舅、他哥都找不到他。现在要不是你，我们都还往好了想，他在城里打工嘞，亏得我每天念经求佛，保佑我儿健康平安。唉，造孽。

老黄： 二老别自责了。显贵是成年人，他会承担一切后果。

马琴宝、马老汉对视一眼，二人颤巍巍地站起来，齐齐地给老黄深鞠一躬。老黄赶忙扶住两位老人，他眼里也泪花涌动。

老黄： 怎么能让老人替儿孙负罪！

马老汉： 他手里不仅有鸟命，还背了人命！唉！没脸活了。

老汉头埋得很深。老黄不想让老人再这么难过自责了，转移了话题。

老黄： 这鹅骨哨到底有什么用处？

马琴宝： 黄老弟，很少人懂鹅骨哨怎么用，我告诉你。天鹅是群居的，有任何行动都要统一，叫声就是指令，比如要是有隼飞来，天鹅就会发出这样的声音（马琴宝吹了一声由低到高的连音）附近所有天鹅就警惕起来了。不同的叫声代表不同的意思。

老黄： 太神了，这手艺我还是第一次见。（突然）我明白了！事先在天鹅群外围支好天网，哨音一响，天鹅误以为是有鹰来了，就逃命，一头扎在网子里！这种办法一次就上百只的抓啊！

马老汉： 这哪是救命哨，这是夺命哨啊！唉！（使劲拍大腿）

马琴宝：（同样也震惊）罪过在我们！

马琴宝抓起鹅骨哨，就要摔，老黄赶忙制止。

老黄： 这是你二老的心血，不能毁掉！恶在人心，不在物件！二老，能不能帮我找到他。

马琴宝： 他在哪落脚我们也是一无所知。

老黄： 这几年有没有写信或者寄过什么东西？

二马面面相觑。

马老汉： 对了！（马上去里屋拿了一张旧照片出来）来，你看！

三人仔细看，胸前挂着鹅骨哨的马显贵（老鬼）跟天鹅的一张合影，背景处有一株古树，造型颇奇伟。

马老汉： 星子县洞子李村的古树，明代的。他会不会在这儿？

老黄： 我这就去。

马琴宝： 照片你拿着！这个你也拿走吧。我们再也不想看到它了。以后有人问起来，千万别说是我们做的。丢不起这人。唉。

马琴宝把鹅骨哨放到老黄手里。

马老汉： 子不教父之过啊。唉。

在二马的连连叹息中，老黄离开。

○ 外　鹅场小岛　夜

老鬼拖着月娥和晓飞进到一间柴房。

○ 外　洞子李村　接上

老鬼边停下车，边掏钥匙，开院门。

声音：马显贵！

老鬼：嗯？！谁？

不等反应，老鬼被迎面而来的板砖打翻在地。

○ 外　湿地站院　夜

老黄打晓飞电话，关机，老黄调出"月娥家"号码，没人接。他回办公室。

○ 内　湿地站办公室　接上

老鬼睁开眼，发现自己被五花大绑。小赵看着老鬼，明显有点紧张。老黄进来。

小赵：黄叔，要不我通知梁村长，让他带人来看着？

老黄：不用，你现在给派出所打电话，说马显贵就是盗猎头子、杀人犯，已经抓到了，派警察来带人。

小赵：好！（出去）

老黄联系不到家人有点焦虑，老鬼看在眼里。

老鬼：你还真命大。（老黄不理）当时你躺水里是怎么想的？啊？是不是想一定要活下来，要报仇！要抓住那个王八蛋？（老黄看着他依旧没说话）

老鬼（继续）：老黄，你可以，你真可以。一出手就毁掉我一个鹅场！不过我鹅场多得是，可惜了张沐川啊，一棒子就被打死了。哈哈。

老黄忍无可忍，冲上去就是一拳。

老鬼：本来咱们井水不犯河水，你是抽哪根筋了来找我的麻烦！我告诉你，你麻烦大了！

老黄拎起老鬼，朝墙一顿猛撞。

老鬼：你坏了江湖规矩，是你毁了张沐川的家，我敢保证，你也活不好！（狂笑）

老黄：来，看看这是什么。（老黄掏出相片，杵到老鬼脸上）仔细想想，是谁害死了成千上万只天鹅，到底是谁害死那么多人，是谁彻底让两个老人死了心，看清楚了吗，知道是谁给了我照片吗？（老鬼狂笑凝固）你要是但凡有一点人性，怎么能忍心——

老鬼：——人性？我一不偷二不抢三不骗，打几只鸟赚个把辛苦钱，你说我没人性？

老黄：你不可能不知道天鹅是国家一级保护动物。你盗猎天鹅，本身就是违法犯罪！抓你一点不亏！

老鬼：你要这么说，最该抓的可不是我。那些吃天鹅肉的人是不是也算犯罪？有人想买，就有人想办法卖，这很简单，不是吗？

老黄一时语塞。

老黄：想吃的东西多了去了，就因为有人想吃，你就这么残害生灵吗？

老鬼：天鹅肉好吃吗？不好吃。可为什么人们宁愿花一万块买天鹅肉吃？吃天鹅是有身份，有地位，有钱，有权的象征，我只是哄这些人开心而已。你一个天天卖鸭肉卷饼的怎么可能理解？

歪理一套一套，老黄突然愣住了——

老黄：你怎么知道我卖鸭肉？！你去我家了？！

老黄上前抓住老鬼，厉声逼问。

老鬼：你不仅命大，而且还命好。哈哈哈，有个好儿子，有个好老婆。哈哈哈，看看我的肩膀，来，左肩膀，能看出是谁咬的吗？

老黄扯开衣服领子，果然看到咬痕，照着老鬼的脸重重地打了一拳。

老黄： 他俩在哪？（老黄狠狠踩一脚）你把他俩怎么了！

老鬼： 他俩要是能像你这么命大，或许还活着。我可不敢保证。

○ 外　湿地站门外街道　夜

一辆辆警车呼啸而来，等候在大门口的小赵带路，干警们快步进入。

○ 内　湿地站办公室　接上

冲进办公室，所有人都傻了——办公室一片狼藉，却不见一人。

○ 外　湖面　凌晨

马达船强烈的灯光刺透湖上的雨雾。老黄押着老鬼，朝一个小岛驶去。

○ 外　鹅场小岛　接上

老黄先下船，环望四周，这一处湖心小岛，杂草丛生，乱树疯长，没有什么开发价值，然而在老鬼的经营下，成了一处秘密的圈养天鹅的禁闭岛。

老鬼带路，二人很快来到一处半水半岛的滩涂，伸到水里足足有二三十米，形成了一条天然的通道，两侧每隔一米插一根短木桩，支撑起长长的铁丝网作隔墙，遮天蔽日的天网罩着大量天鹅，它们看到老鬼，发出或惊恐或仇恨的鸣叫。

老鬼： 这些少说也得七八十万，分你一半怎么样？

老黄： 滚！晓飞娘俩到底在哪！

老鬼不紧不慢，老黄心急如焚，二人来到一间柴房前。

○ 内/外　柴房　日

推门进入，老黄看到月娥和晓飞分别被绑在柱子上。二人嘴里塞着抹布，只能干瞪眼。他捆好老鬼后，冲过去解救二人。月娥和晓飞都很虚弱，晓飞紧紧抱着老黄，月娥在一旁哭。

晓飞： 爸，我以为再也看不到你了！

老黄一把搂住二人。

老黄： 我保证，以后再也不让你们受这罪了！

咔嗒一声，柴房门被锁上了。三人一看，老鬼早已逃脱。

老鬼（OS）： （在外叫嚣）你们难得一家团聚，这岛上也没人打扰，好好唠……

老鬼正在给柴房淋汽油，用木板和芦苇搭的简易柴房本就易燃，老鬼点着烟，看着火苗很快地蹿开。老黄在里面猛撞门。

老鬼： 老黄，老子敬重你是条汉子，一再给你机会，你软硬不吃——

黑烟越来越多，老黄一家三人在里面着急地找出口。

老鬼（OS）： ——既然你愿意为了鸟不要命，那就成全你，再拉上你媳妇儿子作伴，上天去陪那些死鸟吧！

月娥和晓飞在房间的侧墙使劲砸，老黄则在后墙找寻出口。

老鬼（OS）： ——对了，得让你死个明白，想知道老子干死了多少只大鹅吗？听好了——

三人听到这句，都愣住了，尤其老黄（特写）——

老鬼的脸也变得如恶魔般（特写）——

老鬼： （大声）1762！哈哈哈哈……

老黄： 这个老王八蛋——

老黄不再找出口，他使出全身力量，朝着柴房门猛撞，呼啦一声，燃烧着的木板门被撞飞，老黄从火光中冲了出来。

○ 外　鹅场小岛滩涂路　接上

可是老鬼已经跑到细长的滩涂路上，去抢唯一的一艘船。他腿不利索，老黄猛追，在滩涂路上，二人对峙，老鬼手里握着短刀，老黄空手。路两边的大鹅们似乎感受到了杀戮之气，翅膀猛拍——这场面，就好似两个角斗士被围观。晓飞和月娥赶来，老黄示意二人退后。

老黄： 晓飞，带你妈上船！

老鬼： （恶狠狠挥刀）想得美！

老黄做掩护，让晓飞月娥先上船走。

晓飞： （犹豫）爸，我帮你……

老黄： 别废话！一直往东开，喊乡亲过来！老鬼，今天绝对不会让你跑掉！

看晓飞和月娥要开走唯一的船，老鬼心急，眼角猛烈地抽动，率先发难，朝着晓飞虚刺一刀，老黄赶紧上前，没想到老鬼短刀半空中改了方向，一横摆，朝着老黄胸口砍去。老黄慌忙躲避，导致脚下失衡，踉跄摔倒。老鬼一看有了机会，也不管晓飞和月娥跑远，扑上去，照着老黄重重地砍下一刀。老黄一手下意识地抓住刀锋，一手扣着老鬼的胳膊，老鬼在上，老黄在下，二人僵持。

马达响了，船离开。老鬼生气地大吼一声，抓住老黄的头猛砸，老黄腿用劲，二人滚向水滩里。老鬼虽然刀不见了，但仍占优势，他掐住老黄脖子，再将头按到水里，老黄呛水，使出最大的力气，顶开老鬼。

扭打在一起的二人把浅水滩中的铁丝网破坏了一大片，天鹅受到了惊吓，开始横冲直撞，于是水花、羽毛、天鹅和人乱作一团。老黄得到了喘息机会，他看到几米开外的老鬼也是气喘吁吁，而四周呼啸着、拍打着、挤来撞去的天鹅群更是毫不客气，把二人撞得团团转。

老黄突然灵光乍现，他铆足了劲，趁老鬼躲避天鹅的空档，迈开他特有的大步，快速奔跑，将老鬼撞到更多的天鹅群里。

老黄掏出鹅骨哨，双手拢起，对着天空吹响，鹅骨哨发出清亮而尖利的鹅鸣声。被禁锢的天鹅们，听到好似集结令的鸣叫，纷纷响应，展翅高鸣。站在天鹅群中的老鬼震惊了，他瞪大眼睛，看周围的天鹅像一架架白色的战机，汹涌而来，每一只天鹅展翅翱翔，踏浪前行，起飞的道路上任何阻拦都无济于事，老鬼被撞倒、爬起，再被撞倒……上百只天鹅冲破藩篱，朝着太阳飞去……

……水和天，渐渐归于平静，老鬼从水里慢慢浮了起来，一动不动。

切-音乐起-半年后

○　外/内　县城街角/小吃店　日

老黄一只手残了，仍旧卖着他的卷饼，不过不再是简易的饼车，他开了家小店，跟他一起卖饼的，是月娥。

○　内/外　教室/操场　日

穿着校服的晓飞认真学习，课余时间，同学们打球玩耍，他则坐在树荫下，翻看《候鸟大百科》。

○　内　县城街角小吃店　夜

晓飞回到店里，爸妈仍旧忙作一团，客人实在太多了。晓飞卷起袖子当起了店小二。晚上打烊后，三人才有时间吃饭，月娥端上来一盘红烧肉，晓飞开心地给父母各夹了一块。

音乐止

○ 内　老黄家　夜

半夜，月娥打开台灯，看到老黄捂着腹部，身体扭曲。

月娥：老黄！你怎么了！老黄！

○ 内　　县医院　日

月娥满脸紧张地看着手拿化验单、确诊单的老黄，露出了试图让月娥宽心的微笑。但——确诊单上赫然写着：

血吸虫病原体/肝炎

月娥紧紧地抱住了老黄。

叠

○ 外　马影湖观鸟棚　黄昏

音乐起-剪影效果

消瘦的老黄披着毛衣坐在观鸟棚里，和月娥依偎在一起，望着远方的水、鸟和太阳。晓飞放好茶盘，坐在父亲旁边。李春如拍了拍老黄的肩膀，佝着背走开。晓飞似在唱歌，三人都跟着节奏轻轻晃头，远方的天鹅，在湖中上下翻飞，跳起了天鹅舞。

一切尽在无言中。老黄的头，慢慢地倒在月娥肩上。

字幕出

《中华人民共和国刑法》第三百四十一条：

非法猎捕、杀害国家重点保护的珍贵、濒危野生动物的，或者非法收购、运输、出售国家重点保护的珍贵、濒危野生动物及其制品的，处五年以下有期徒刑或者拘役，并处罚金；情节严重的，处五年以上十年以下有期徒刑，并处罚金；情节特别严重的，处十年以上有期徒刑，并处罚金或者没收财产。

2020年2月24日第十三届全国人民代表大会常务委员会第十六次会议通过了"全面禁止和惩治非法野生动物交易行为，革除滥食野生动物的陋习"的决定。

老黄（黄正祥）： 本名黄先银，中国最普通的农民，从2003年开始义务做护鸟工作，援救了不计其数的天鹅、白鹤等候鸟。2012年查出患血吸虫病，转为肝癌，当年6月3日去世。

黄晓飞： 大学主修动物医学，毕业后加入了李春如的鸟诊所，在省生态环境厅、农业厅、林业局等部门的支持下，挂牌成立"野生候鸟医院"。越来越多的人加入到候鸟保护、野生动物保护的行动中来。

根据《国际自然保护联盟濒危物种红色名录》评估：

极危动物： 扬子鳄·中国大鲵·华南虎·旋角羚·非洲野驴·宽吻盲鲴·远东豹·阿拉伯豹·亚洲山龟·亚洲猎豹·墨西哥钝口螈··双峰骆驼·黑犀·蓝喉金刚鹦鹉·加州神鹫·克罗斯河大猩猩·佛罗里达山狮·恒河鳄·夏威夷僧海豹·帝啄木鸟·象牙喙·啄木鸟·爪哇犀牛·鸮鹦鹉·利氏袋鼯·地中海僧海豹·山地大猩猩·昆士兰毛吻袋熊·食猿雕·红狼·高鼻羚羊·暹罗鳄·马来亚虎·斯皮克斯金刚鹦鹉·蓝鳍金枪鱼·苏门答腊象·苏门达腊猩猩·苏门答腊犀牛·苏门答腊虎·小头鼠海豚·白鱀豚·北白犀·西部低地大猩猩·玳瑁·肯氏龟……

濒危动物： 丹顶鹤·海南鳽·东北虎·小熊猫·中华鲟·黑脚企鹅·非洲野犬·亚洲象·亚洲狮·蓝鲸·倭黑猩猩·婆罗洲猩猩·黑猩猩·豺·东部低地大猩猩·埃塞俄比亚狼·佛罗乌鸦·粗毛兔·巨獭·绿蠵龟·赤蠵龟·细纹斑马·紫蓝金刚鹦鹉·伊比利亚猞猁·栗头鳽·李尔氏金刚鹦鹉·马来貘·捻角山羊·波斯豹·长鼻猴·倭河马·红胸黑雁·罗氏长颈鹿·雪豹·锡兰象普氏野马·火山兔·河水牛·美洲鹤·渔猫·袋獾·鲸鲨……

这些只是全球3079种濒危动物中的一部分……

爱动物，爱自己，爱生命。

紫荆老豆 02

　　从小失去母亲的阿正和警察父亲唐志坚过着简单、平静的日子。唐志坚恪尽职守，认真严谨，居家时仁心慈爱，对阿正百般呵护，以弥补儿子母爱的缺失。阿正内心淳朴善良，为人正直，但香港的黑暴运动却快速侵蚀他正在成长的心灵。

　　《紫荆老豆》以17岁少年的视角，揭示了香港社会暴力之根源，并非每个年轻人都是主动走上街头，他们迷茫、无所适从，被裹挟、被逼迫；他们被重重的迷雾所遮挡，被深深的误解所蒙蔽。恪尽职守的警察父亲如何面对叛逆的儿子？正义与坚持，爱与责任，能否化解这次危机？

○　外　　鸟瞰香港　　日

金紫荆广场、各种地标建筑及繁忙的都市街景。

字幕

自2019年3月以来，香港反对势力和一些激进分子借"反修例"和平游行集会之名，进行各种违法抗议活动，暴力行为不断升级，严重影响到香港社会的稳定和人民正常生活。

淡出——片名出

紫荆老豆

○　外　　巷子　　日

初中生阿正（16岁）和同学杰仔（16岁）走在巷子里，热切地讨论着漫画。身后突然跑来一个精瘦的青年男子（方仲健，21岁），一袭黑衣、情绪激动，撞到了阿正。

杰仔：喂！站住！

跑出几米外的方仲健扭头，认出了杰仔，折回。

方仲健：杰仔？

杰仔：啊？是健哥！

方仲健（对阿正）：嘿，死不了吧！嘿嘿。

阿正摇摇头。

杰仔：健哥，什么事这么着急？

方仲健：我去看看湾仔的示威，你俩来不来？

阿正：示威？

方仲健狡猾地眨眨眼：对，超有意思，走，快点！

方仲健着急走。杰仔看起来很兴奋，想去参加。

阿正摇摇头：我，我不去，我爸爸让我放学就赶快回家。

杰仔：哎呀，没事啦，湾仔路就在前面。看看去。

说完，杰仔硬是拉着阿正，快步跟上。

方仲健带着二人三拐两拐，就到了湾仔路。

○ 外　湾仔某街　接上

路中间，三五成群的抗议者正在行进，这些人比较平和，除了喊口号、举标语外，并未有什么出格、违法的行为。

阿正仍气喘未定。

杰仔念出人们高举的标语：反对送中。

方仲健抱怨道：真没劲，就这么走来走去，能有什么用。

说完，使劲踹了垃圾桶一脚。

○ 外　游行队伍　接上

阿正惊讶地看着示威队伍里的人，比自己年长几岁的居多，男生比女生多。

方仲健：走！到前面去！

说完，方仲健敏捷地汇入人群中，消失不见。

杰仔：走！咱们也去。

阿正：我觉得我们不应该再待在这里了，被老师看见不太好。

杰仔：我早就听说这几天有游行，多好玩。

这时，队伍前方传来几声呼喊，引起众人一阵骚动。

杰仔很是兴奋，推着阿正，往队伍前面挪。

方仲健突然出现，却用黑布蒙上了鼻子和嘴，就像一个蒙面大盗。

方仲健：你俩，快！

说完，方仲健又跑了，像军官指挥自己的士兵般到处奔走呼号。队伍中有些与阿正年龄相仿的，纷纷响应，快速往游行队伍前方行进。看起来，方仲健很有号召力。

杰仔甩开阿正，迅速跟上方仲健，挤到了队伍前头，二人在游行队伍中走散。

旁边跑来几个同样身穿黑衣的年轻人，动作敏捷、粗鲁，撞倒了一个和平游行的中年妇女，阿正赶忙过去将其扶起。

队伍前方响起清晰而响亮的广播声——请勿越过许可区域，请文明表达诉求，保持冷静、克制。

阿正听得出来，是港警通过扩音器对游行示威队伍的劝诫。

○ 外　队伍前排　接上

站在最前排的抗议者高喊游行口号，而对面相隔十米外，则站了一排警察，手持盾牌、头戴头盔。旁边的警用车喇叭，不断循环劝诫通告。

游行队伍这边，抗议声浪越来越高。方仲健等人情绪高昂，口号声中充满了怒气"五大诉求，缺一不可"！

方仲健抓来一个同样蒙面的少年，恶狠狠地：把你的课本给我，快!

蒙面少年：我，我没带……

方仲健一把抢过背包，一通乱翻，掏出课本，撕下封面，揉成大团朝前方警察扔去。这个动作给了大家以启示，纸球从队伍中纷纷抛出。

面对警察，方仲健等人毫无惧色，大喊口号"光复香港"。

尽管警察只是站着，但威严的气场还是震撼了阿正。

○ 接上　警察视角

警官唐志坚（45岁）伫立在警察队伍最前排，透过头盔面罩，我们看到他坚毅的眼神丝毫没有畏惧，没有偏袒。他呼吸均匀，情绪冷静。他注视着前方游行队伍，又环顾四周，保持警惕，对于情绪过激者，他特别留意，但也公平视之。

尽管场面没有失控，但示威队伍不断逼近警察队伍。从游行队伍中扔出一个一个纸团，砸向前方，尽管没有造成伤害，但看起来就像扔手雷。

唐志坚走到警车旁，对着车里的同事打手势，同事扭动中控台旋钮，车顶载放的喇叭声音量旋即提高不少：保持理智，合法游行，合理表达。唐志坚比了个OK的手势走回前排，他还不忘拍拍几位年轻的警官同袍的肩膀，化解大家紧绷的神经，给同事们打气、加油，让大家提高警惕。

警察们拉开铁栅栏，横在游行队伍前方，激进者们使劲晃动铁栅栏。

〇　内　阿正家　夜

阿正在房中自习，他的房间里摆放着动漫、游戏手办，床上散落着漫画，书柜里则整齐地码放着中国历史、诗词等中国传统文化的书籍。

这时，手机响了，阿正打开一看，跳出来的是连登社区的未读消息，阿正点开，原来是杰仔把自己拉入了新的群组。

杰仔留言：我刚加了一个有意思的群组，你也来看看！香港的真相！

阿正无感，回了一句：随便你啦。把手机调为静音，扔到床上不再理会。

门铃骤响，阿正开门，推门而入的是唐志坚。

阿正懒洋洋地：爸，回来了。

唐志坚两手分别提着两大袋子食物，嘴里还叼着一个小袋子，示意阿正取下。阿正无奈地摇摇头，解放了父亲的嘴巴。

唐志坚：慢点，专门给你买的鱼蛋、碗仔翅，还有那个八仙鸭子，赶紧盛盘子里……轻点，蛇羹别撒了……

阿正：爸，我说了我不爱吃这个。

唐志坚换上拖鞋，一溜小碎步，把两手提的食材放到厨房，嘴巴仍不住地碎碎念。

唐志坚：爱不爱吃没关系，但必须吃，有镇静安神的功效。外面太躁了，你不能受影响，老爹像你这么大的时候，就吃不到这么营养的东西，大学也没考好。

阿正笑着摇头：爸，考大学不靠这个啦。喂！你确定要穿着警服当大厨吗？

唐志坚这才意识到自己只顾着在厨房里忙东忙西，连衣服都没换，一路小碎步，嘴巴仍不停歇，与执勤工作时候的状态判若两人。

唐志坚：阿正啊，少看点漫画，专心备考，过了这个月，考上你喜欢的大学后，老爸答应给你买足够多的漫画书！好不好啊？

阿正过来帮忙搭把手：好啊，就把楼下那间漫画店买下来如何？

唐志坚甩青菜打了阿正一下：臭小子！选好哪家大学了吗？

阿正：还没。反正香港就这几所嘛。我和同学约好了，过两天去大学里转转，认识几个学长，听听他们的建议。

唐志坚：给老爸省事了！快做功课去，这里不用你帮忙。

阿正迟迟不动，似有话说。

唐志坚：怎么了，臭小子？又想要零花钱？

阿正一直揪同一片菜叶子：老爸，你是警察，你跟我讲讲游行的事吧。

唐志坚愣住了，停下了手里的活，盯着阿正：怎么？你上街游行了？

阿正：没有，没有，我只是路过看到了。

唐志坚：我跟你讲，和平游行从来都不是问题，你又不是不知道。不过，你才16，还不能上街。

阿正：法律规定16岁不能上街吗？

唐志坚：法律有法律规定，咱们家有咱们家的规定，这条属于咱们家的规定。

阿正：切，父权！

唐志坚：这是经验！

阿正：可是……

唐志坚：别可是了，吃饭要开心吃，这样才能身体好！来，老规矩，先把这些打包，给你叶伯送过去，快去快回，等你吃饭！

阿正： 好吧，老爸，叶伯说他家阿超就从英国回来。

唐志坚： 太好了，你们小时候天天一起玩……

阿正： 可惜他和他父母都不怎么回香港。留下叶伯一个人，要不是我们照顾……

唐志坚抱住阿正的肩，动情地说：叶伯有儿有女有孙子，可是他们都不在身边，家里空荡荡的。咱家不一样，老爸有你，你有老爸……

阿正听到这句，顿时情绪沮丧，他想到了自己的母亲。二人不约而同地扭头看墙上的合家欢，可惜阿正妈妈不在了。

唐志坚： 老妈一直在天堂看着我们……不管怎么样，咱们尽力多照顾一下老人，那句古文怎么说的来着，老吾老以及人之老！

阿正： 好啦，现在全香港有谁还知道这些古文啊！

唐志坚： 快去快回！

阿正拎起保温餐包出门。

○ 外　对街　接上

阿正下楼，穿过小街，进入叶伯所在的楼门。

○ 外/内　楼道/叶伯家　接上

叶伯（80岁）腿脚不好，常年依靠轮椅，用得倒也娴熟。原是大学教授的他，常年手不释卷，嗜书如命，家里收藏了很多古书典籍。

阿正恭敬地把晚餐给叶伯放在桌上，并摆放好碗筷。

叶伯连声道谢。

叶伯： 阿正，你比我亲孙子都亲。

阿正： 我和阿超小时候常听您讲中华历史故事，我到现在都记得呢！您对我们很好！叶伯，这是我们应该做的。

叶伯大笑，他打开电视，他吃饭的时候习惯看电视。阿正默默在旁边坐下。

"本台现场报道，香港中环广场民众示威游行，港警维持秩序……"

叶伯：阿正，你看看，这些上街的都是什么人？不做工、不过活了是吗？

阿正平静地：叶伯，赚钱重要，难道自由不重要吗？

这时电视新闻里抗议人群情绪激愤，动作出格。

啪，叶伯把筷子摔在桌上，指着新闻：阿正，你认为这样做就是自由吗？！

阿正摇头。

叶伯盯着阿正：你和阿超，一模一样的语气。唉，你们年轻人啊，总把所谓的自由挂在嘴上，殊不知自由只是硬币的一面。

阿正认真地问：另一面是什么？

叶伯无奈地笑：臭小子，跟阿超一样，动脑好好想想，下次拿叉烧来交换。

阿正陷入思考。

○ 外　街头　夜

有人通过喇叭，鼓动市民上街。阿正听到，远远看了一会儿，父亲电话打来，催促回家吃饭。

从叶伯家出来的阿正，漫不经心地走路回家，街道上各色小店仍在营业，烟火气十足，这时行驶来一辆摩托车，车上的两个黑衣人手持高音喇叭，重复播放宣传录音：每一个人都要走出家门，为自由发声、为香港发声，街头需要你！

路径上卖虾丸的小吃摊，摊主挥舞着大勺使劲驱赶。

摊主：快走啦！太吵了，影响我的食客！

黑衣人车手，恶狠狠地瞪了摊主一眼，缓缓驶离。

摊主嘟囔：上街重要还是做生意重要？真是搞不清楚这些人怎么想的。

阿正电话响起，是父亲。

唐志坚：臭小子，又跑哪里去了！快回来吃饭！汤要凉了！我早跟你说，晚上不要想着吃那些高脂肪……

阿正叹口气：爸，话太多了啦。我马上上楼！

○ 内　阿正家　接上

阿正回家，唐志坚赶忙掐灭烟头，他只趁儿子不在的时候偷偷抽根烟。父子二人对坐吃饭，一片安静。

阿正试探性地问：老爸，这几天当差是不是很累？

唐志坚没回答，吃了口饭：嗯，在家不谈工作。吃，快吃。

阿正心不在焉，又打开了电视，专门调到新闻频道，顿时批评警察的受访者出现在画面中，情绪激动："到底是谁先用的暴力，你们看！"镜头一转，对准了港警，"黑警！黑警！"

啪！唐志坚把电视插头拔掉了，一言不发，更不争辩，默默坐回餐桌。

阿正：爸……

唐志坚：食不言！

阿正：你到底在躲避什么？电视里都这么说，全香港都认为你们警察有问题！

唐志坚：阿正，记住老爸的话，就算全香港都出了问题，警察也绝不会出问题。

阿正被震住了。

唐志坚：街头的事不是简单的一句两句能说清楚，你才16岁，现在不应该关心这些事，你……

阿正：我们也爱香港，为什么不能发声？

唐志坚：不能用这种方式！到此为止！别说了！吃完回房间去！

阿正闹情绪：是，阿sir，我很习惯你的这种口气！

说完，阿正把自己关进了房间里。

唐志坚也没了胃口，他敲开阿正的门。

唐志坚：阿正，爸爸想和你谈谈。

阿正拿纸巾认真擦拭着一个手工拼装的大帆船。

唐志坚：这是你妈妈在医院时，我们三个一起完成的……

闪回

一家三口拼装帆船，其乐融融，但阿正母亲已病入膏肓，瘦骨嶙峋。

闪回结束

唐志坚：……两年了，老爸没有忘记你妈妈临走时给我的叮嘱。我用能想到的所有办法来弥补家庭的缺失。上班时我是警察，休班时是老爸，做饭时是老妈，打球时是老爸……

听到这里，阿正不再气鼓鼓的。

唐志坚：可老爸发现，越想走进你的内心却越难，好像老爸说什么都是错的，你都会反对。

阿正：你不经常鼓励我要独立思考吗?

唐志坚（无奈地笑）：也许这是注定的，孩子越长越大，老爸越来越老。

○ 内　学校走廊　日

阿正和杰仔刚进入校门，就看到不远处的信息栏被改造成了连侬墙，上面贴满了纯黄色的便签，风一吹，像一只只招揽客人的手，非常抓人眼球。阿正和杰仔被吸引，二人走上前仔细看。

便笺上写着：五大诉求，缺一不可，光复香港之类的口号。

这时，一男一女（钟翰学和梁琦）走来，二人见阿正和杰仔看得入神。

钟翰学：你好，同学。我们是学生动员来的，如果你关心香港，你就仔细看看这个。

梁琦主动递过去几页传单。

梁琦：背面是入会表，填好后交给我们就行。

杰仔大咧咧地读：为香港发声!

钟翰学也一起大呼：学生也不可缺席!

阿正：入会是不是需要年满18？

梁琦：入会就是爱港，爱港没有年龄限制！

阿正把资料塞进包里，礼貌性地说：我们先上课去了。

阿正拉着杰仔离开。

梁琦望着二人背影，大声补充道：每天下午我们都在这里回收表格，一定来加入！

○ 外　校园　接上

杰仔和阿正私语，杰仔用充满敬佩的语气讨论方仲健。

杰仔：喂，阿正，你记得健哥吧？

阿正：方仲健？

杰仔：对，我实在是太喜欢他了。

阿正：哦。为什么？

杰仔：你没感觉吗？健哥像不像古惑仔？

阿正：古惑仔？那可不是什么好人。

杰仔：呃，我是说他做事果断，讲兄弟义气，超像古惑仔。但是他比古惑仔更……更……

阿正笑：更有胸怀？格局更大？……

杰仔：都是，又都不准确，他够有胆，无私无畏！我决定跟他混了。

阿正：不是吧你！好好想清楚！

杰仔：就像健哥讲的，我要跟他做一些惊天动地的大事！

二人进了教室，准备上课。

○ 内　教室　日

老师（张玛丽）进来宣读学校的通知。

张玛丽：各位同学，上课前我要宣读一份学校最新发的通知，就是这份。

张玛丽两指捏着通知一角，在空中抖了抖。

张玛丽：鉴于日前香港社会情状现实，规劝并建议在校学生，如有公开诉求，须合理表达，远离街头政治运动，安心以学业为主。

张玛丽读到后面几句，以仓促的语气读完了事。她折起通知，扔到垃圾桶里。用高亢、尖利的声音补充：这只是学校的制式文本，大家权且一听，不必上心。我们香港是自由的，言论自由，行为自由，我张玛丽支持你们所做的任何决定。好了，准备上课。

学生们窃窃私语，有的激动拍手，有的疑惑不解。

张玛丽：对了，还有一个事情，我想知道，咱们班里有哪位同学的家人是警察？

同学们纷纷摇头，有的人表情鄙夷。阿正默默低头。张玛丽看无人回应，离开。

杰仔就很开心：看！张老师把学校发的通知扔了！这就是言论自由！支持我们！你还有什么顾虑？！

阿正：我……

杰仔低声激将：是不是因为你老爸是警察，你不敢上街？嘿嘿

阿正：我，我又不怕他！

杰仔笑着：你更不敢承认，对不对？好啦，我会替你保密。那下次我带你去见健哥，你要答应我！

阿正被杰仔问得手足无措：你整天跟他们混一起，课也不上，作业也不做，大学还考不考了？

杰仔：你看，咱们自由民主的张老师，这段时间有收过作业吗？

被杰仔反问，阿正哑口无言。

杰仔：你看看，大家都在忙什么。

环视一周，同学们都在忙着绘制大字报，或者用电脑修图制作海报，无一例外都和街头政治有关。

○ 内　　警署　　日

警察厅会议室，警督、副警督等听取简报，开会中。

女警官通报警情： 本周接报警电话823通，其中347通举报有人非法占领公共资源，178通举报破坏公共设施设备，203通滋扰市民，95通……

警督： 继续讲!

女警官： 95通抢砸店铺。

众人哗然。

警督： 香港是法治社会，这种行为必须依法制止。不过，今次不同过往。第一，案件数量猛增，已经连续三周不断攀升，这已经超出常规的违法行为；第二，大家有没有注意到，报警电话中，大部分案件是与公共设备、资源有关，这说明这些案子背后的原因是一致的；第三，近来申请游行的案件激增，按照法律法规，我们通过了大部分申请不予反对，然而很多违法行为包藏在这些合法的游行之下，这给我们的执法带来了巨大的难度。我们的警员疲于奔命，常常无法及时奔赴案发现场，更困难的是警员需忍受激烈的挑衅，身在危险之中还必须以最为专业和克制的职业态度处理案件。这段时间，大家还需加倍小心。

警员方力伟： sir，周五、周六和周日，是街头示威游行的高发时段，我们发现越来越多的黑衣人加入到游行队伍中，往往就是这些人煽动人群情绪，导致暴力抗法的事件越来越多。水马、铁栅栏已经无法阻挡他们。我认为应当提升响应级度，允许在现场使用催泪瓦斯。

警督： 你们的看法呢?

参会众警员两两商量，看起来并没有就升级维持秩序装备达成一致。

警员甲： 我同意升级，以往的游行队伍，基本能保持平和，但近来队伍中暴力倾向明显，前线警官面临的压力是前所未有的，我们首先应当保证同事安危，否则更无人维持社会秩序。

警员乙： 但是，现在问题复杂，每个游行队伍里都充斥着各路媒体，甚至有些人举着手机搞直播，尤其那些境外的，他们只拍执勤的警察，镜头就是放大镜，我们每一个动作都被全民监视，很难执法！

方力伟：真相只有一个，我们不在乎媒体怎么恶意炒作。我们的职责是保护香港，保护市民。对那些混在游行队伍中的施暴者，必须严惩。否则只会让从恶者越聚越多，在昨天晚上的任务里，我们有兄弟被木棍猛击，所幸只是轻伤。我认为必须升级。

唐志坚：sir，各位警官，我认为还没到提升响应的程度，警察条例明确规定，现场出现明显的暴力行为，对平民或警员构成实质危害的时候才适合使用催泪弹。我们严格依法办案即可，毕竟很多人还很年轻。

警督示意：同意提升响应级别，但是，原则上非必要时不使用。各位，大家要坚持！专业！克制！

散会后，唐志坚仍坐在原位，忧心忡忡。

○ 外　冰室　日

阿正买了冰沙，兴冲冲地出门。

"让开！别挡路！"三个黑色闪电般的小伙子一把推开阿正，冰沙打翻在地，黑衣人头也不回地跑走。

阿正：哎，你们……真倒霉！

阿正回到冰室，抽出桌上的纸巾擦手。

老板盯着阿正，突然一乐：打翻了？

阿正：嗯，重买一份。

老板从冰箱拿出一杯："下次注意离那些勇武派远一点。"

阿正：你说的勇武派是什么意思？

老板：说的就是那些人，一身黑色紧身衣，背个包，带面罩的，十有八九是又凶又猛，混在队伍里，不讲话，只搞破坏。刚才你碰到的那几个，肯定是搞事去了。

阿正掏钱。

老板：这杯算你半价。

阿正：谢谢！

老板：唉，警察把他们统统抓起来才对！也不知警察们在干什么！

阿正尴尬地笑笑，出门。

○ 外　街头　接上

阿正穿街而过，远远看到又有黑衣人跑来，这次他躲得远远的。黑衣人朝街的另一头不断汇聚，阿正好奇心起，也跟着走到了街头。

转角是弥敦道，十几个黑衣人聚集在一起，合力把水马横亘在道路中间，他们从铁栅栏上拆下铁棍，撬起地砖，在路中间堆起好几摞。

被移位的水马，被拆毁的栅栏，被剥皮的路面，这些对城市的破坏引起周围居民极大的愤怒。有热心人阻拦黑衣人。

男市民：给我住手！他站在砖堆上，冲着黑衣人们大喊。

黑衣人听到了，丝毫不理会，继续拆砖。男市民扑上去，推开一个黑衣人。

男市民：你们一群畜生！为什么在我们家周围搞破坏！给我滚远点！

黑衣人：明天这里有游行，我们做些准备工作，请你不要阻碍我们做事。

女市民：你们这是搞破坏！游行需要用铁棍吗？游行要撬地砖吗？

黑衣人：为了香港，你们同样也需要付出一些。你看我们，为了香港，一直在付出！

另一边的黑衣人：别跟他们废话了，赶快做事！

男市民：报警！赶快报警！一群老鼠！

黑衣人：你们才是老鼠，贪生怕死……

市民和黑衣人吵作一团，然而路面仍被一片一片破坏。

看到不远处警灯闪烁，黑衣人们像一阵风，四散而逃，只留下不断抱怨的邻里居民。

○ 内　阿正家　夜

唐志坚手持剪刀，极为精细地打理着家中绿植，一把抓起减下来的断枝，扔进垃圾桶。厨房传来一阵鸣笛声，鸡汤煲烧开了，唐小碎步跑到厨房，开水龙头冲手，围裙上抹干，关火，开盖，一阵香气扑来。

门铃响。唐志坚边喊阿正回来了，一溜小碎步跑去，开门却看见邻居阿嫂。

阿嫂：阿坚，啊呀，好香啊，又给正仔熬鸡汤？每晚都有好菜好汤，搞得别人以为你家有孕妇呢！

唐志坚：嘿嘿，孩子功课忙，特别费脑筋，我给做点好吃的补补。来，给阿嫂也盛点……

阿嫂：不啦，我来借点冰块……

唐志坚：好，稍等。唐从冰箱拿了一整盒冰块，放到保温盒里，盖好递给阿嫂。

这时阿正到家。

阿嫂：正仔，你的老爸人太好了，又给你做了鸡汤，太香了！我走了，阿唐，改天我还你啊!.

唐志坚：阿嫂太客气了，有需要尽管开口。

阿嫂乐呵呵地拎着冰块盒离开。

阿正：你就是太好心了，她借了东西什么时候还过。

唐志坚已经在摆碗筷了：邻里互助嘛，几个冰块不算什么。来吃饭啦！

阿正一边回语音一边吃饭。

阿正：……嗯，应该问题不大，我时间可以。

唐志坚偷听：阿正，这段时间朋友聚会、郊游什么的，最好都别参加。

阿正：嗯。

唐志坚：嗯？这么痛快就答应了？

阿正：能不答应么？

唐志坚：臭小子。对了，杰仔最近在干什么？

阿正：有几天没见了。为什么这么问？

唐志坚叹了一口气：杰仔妈妈下午去警局找我，想让我帮忙跟杰仔谈谈。

阿正：谈什么？他怎么了？

唐志坚：已经四五天都是大半夜才回家，一早就又走了，说是上学，他老爸去学校找他，根本找不到。问去哪，死活也不说。他老妈都急哭了。你知道他都在干什么吗？

阿正：这几天我也没见着他，他好像和一个叫方仲健的人走得挺近。

唐志坚：哦？方仲健？你们的学长？

阿正摇头：我也不知道他是干什么的，在，在街上认识的。

唐志坚放下碗：你上街了？

阿正：回家路上碰到的。

唐志坚：坚决不能上街头。听老爸一句。

阿正：嗯，正常的社交你不能阻拦我。晚上我去看电影，和同学们约好了。

唐志坚（笑）：私人空间，对吧，老爸懂。去吧，你老爸也需要私人空间。

话音刚落，门铃响了。

阿正：你的私人时间到了？

唐志坚：臭小子，快去开门。

阿正开门，映入眼帘的是一位儒雅温润的女人（陈虹秀36岁），看到阿正，笑容满面。

阿正：陈姨，你好！

说完，扭头冲着老爸挤眉弄眼。唐志坚赶忙迎上去，扭着阿正的耳朵将他赶开。

唐志坚：你不是要去看电影吗，快走，快走。

陈虹秀：正好，边看电影边喝饮料（递给阿正杨枝甘露）。

唐志坚将陈虹秀请进客厅。二人看阿正进了里屋，开始严肃起来。

陈虹秀：阿唐，我这么晚来，其实是有事向你咨询。

唐志坚倒了茶：是关于街头示威的事吧。

陈虹秀点头：事情有点不妙。

阿正在里屋，竖着耳朵听。

陈虹秀：我听说，明天的游行可能会出问题，能不能取消？

唐志坚：已经下了不反对通知，肯定是无法更改的。阿秀，你在社区人脉广，到底听说了什么？

陈虹秀：很多人跟我讲，现在街头抗议游行的队伍里分成了两派，一派主张和平、理性、非暴力……

唐志坚：这是完全合法的。

陈虹秀：但另一派声浪很高，主张如果和平理性没用的话，就必须改变策略，只有——诉诸武力。他们是勇武派。

阿正瞪大眼睛，勇武派三个字他听着很刺耳。

唐志坚：真正的勇武，不是用暴力逼迫他人顺从自己，而是知道如何保持正义。照他们这样的做法，很容易滑向犯罪。

陈虹秀：事实上，很多人已经是罪犯了。轻者破坏公共设施，涂鸦喷漆，重者打砸店铺，损坏市民财产。已经引起很多人的愤慨。

唐志坚拳头紧握，重重地锤在桌上。

陈虹秀：我们社区已经成立义工组织，疏导年轻人，以防他们加入勇武派。

阿正出来，看到父亲和陈虹秀都满脸愁云，也没什么好说的，打了招呼就赶快离开了。

陈虹秀：阿唐，我最担心的还是你。

唐志坚不解。

陈虹秀：我已经听到很多人抱怨你们警察了。勇武派把你们当作敌人，恨之入骨；反过来市民也对你们不满，抱怨你们为什么不把那些搞破坏的人及时抓起来！

唐志坚苦笑，摇头：只要违法，我们肯定按法律办。只不过，警队现在遇到的问题是，人手不够啦。阿秀，其实你也懂的，换句话讲，就是现在案件太多，每一件都需要严格按照流程处理，的确不易。

陈虹秀： 我也清楚啦，那些坏人一念之间作恶，你们警察就得前前后后忙几天办案。

唐志坚： 几天都算是快的了。阿秀，谢谢你及时告诉我这些，警队这边可能会升级控制措施，但是你放心，只要行为不过激，不违法，就不会有事。

陈虹秀： 你要注意安全。这段时间你们压力很大。

唐志坚： 谢谢你阿秀。

陈虹秀： 啊对，我们成立了义务调解组……

唐志坚： 那是干什么的？

陈虹秀笑： 我们是清凉油，让那些街头冲动分子冷静！我们是润滑剂，避免警民之间不必要的摩擦！

唐志坚： 阿秀，做这些事真的非常辛苦，经常吃力不讨好。你其实可以不用做这些的。

陈虹秀： 我们实在不想看到香港社会被撕裂。只要那些勇武派上街，我们也上街，我们要劝说大家冷静、维持和平游行。

唐志坚： 都是为了香港，尽各自最大的努力。

陈虹秀： 我该走了——

○ 内　漫画书店　日

阿正挑漫画，进来两个女孩子。

女孩a： 你知道嘛，我男朋友竟然让我帮他买漫画。

女孩b： 呀，你俩终于有共同语言啦！

女孩a： 什么啊，他要看的我根本不感兴趣。你瞧，就是这本《小丑》。

女孩b： 啊，这么丑的都可以是主角？Joker讲的是什么故事？

女孩a： 一个心理变态的杀人狂，无政府主义者。最近很火，翻拍的电影都定档了。

阿正翻开一本《小丑》，主角那撕裂的红嘴唇，露出令人恐怖的笑，举着手枪，画面背景是到处在燃烧、烟雾弥漫的城市。

女孩b： 你男朋友既然不爱看漫画，为什么要你帮他买？

女孩a： （低声）他们要搞街头革命，就像小丑一样。

漫画中，街头乱战的场面极为悚动，阿正连续买了几期，打包付款。

○ 外　街头　夜

阿正站在街中央，空气中弥漫着烟雾，火光四起，阿正迷失了，看到烟雾后人影憧憧，挥舞着手里的棍棒，朝自己冲来。阿正吓坏了，抱着头蹲在地上。这群人并非冲着阿正，而是向对面严阵以待的警察冲了过去。

○ 内　阿正家　日

阿正惊醒，满头大汗。枕头旁边散落着几本《小丑》漫画。他洗了把脸，把散落的漫画整理好，塞进书柜。这时，手机突然像疯了似地震动——连登软件的群组界面：

杰仔： 阿正，快看。

杰仔发了一个视频给阿正，是梁琦在街头呼吁大家到沙田示威的公开演讲。

视频中，梁琦高喊：光复香港！

阿正回了一个惊叹的表情。杰仔视频电话打来。

杰仔： 阿正，别做一个书呆子，出门看看，看看香港正在发生的事情。

阿正： 像你那样吗？每天大半夜回家？

杰仔： 我每天都在训练体能！这是正经事！

阿正： 还在跟着那个方仲健做事吗？

杰仔： 健哥很严格，我们训练的效果不错，给你看看——

杰仔展示黑衣人的训练，展示自己的肌肉。

阿正：看起来还不错。

杰仔：我们马上要实战了。

阿正：实战？什么是实战？

视频中，有人叫杰仔。

杰仔：好，马上过去！我拉你加入我们的加密群，里面什么都有。

阿正：记得早点回家，你老妈快疯掉了！

杰仔：没事的！

杰仔关掉视频。阿正继续看漫画。

○ 内/外　学校办公室　日

阿正抱着一摞论文，走到教师讨论室门口，被一阵激烈的争执吸引，原来是班主任张玛丽老师和另一个女老师激烈辩论，阿正赶紧躲在门边：

黄永梅：你看，这种调查完全说明了问题的严重，来，让我听听你怎么选，听好了：如果外国人误会你是"日本人"，你的感受是——a感到还不错，b没有什么感觉，c感觉不是滋味。选哪个？！

张玛丽：我说我选的，你说你选的！

黄永梅：行，你选哪个？

张玛丽：a。

黄永梅：ok，你选a，这表示你尊崇外国文化，而对中国文化不太了解，对国民身份认同仍不足够，你需要多点认识及检讨。

张玛丽（翻白眼）：blablabla，你肯定选c！

黄永梅：我选b，每次被人问及你是日本人还是韩国人的时候，我都很耐心地告诉对方，我来自中国香港，我还会介绍很多……

张玛丽：别装了，当你是日本人总比把你当成大陆人要来得有面子吧！

黄永梅：这就是你脑袋里对"中国人"的刻板印象！你自己的中国人身份怎么能取决于别人的评价。

张玛丽：我是什么人我自己选，这是我与生俱来的权利。

黄永梅：张老师，很遗憾，在民族认同这件事上，你没得选，你看你，黄皮肤、黑眼睛、黑头发，虽然名字叫Mary，但你姓张，百家姓中的大户。中国人性格含蓄、温柔、坚忍、勤劳；认同讲礼重孝的中华传统文化，等等等等，这些都是我们的共同的特征！

张玛丽：那是你的个人看法。不能强迫别人都这么想。

黄永梅（激动）：别人怎么想我不知道，身为老师，在这个问题上我们不能草率！

张玛丽一声冷笑：什么叫草率，你是说我们的课本草率吗？请告诉我课纲第几条，课本第几页教学生你这些所谓的中华文化！

黄永梅：这……

张玛丽：认清现实好吗？你看看学校里的孩子，都是在香港出生，很多父母都不教孩子是中国人，你还想让他们自称中国人，别做梦了！这就是现实。我们作为普通教师，操着教育局的心，黄老师，摆正自己位置好吗！

黄永梅：没错，这是现实，但这不是全部的现实。香港有很多家庭有浓厚的家国情怀，他们早就发现学校教育的漏洞，他们都在用自己的办法让孩子多多接触中国文化。

张玛丽：黄老师，你这么推崇中国文化，可见你的立场已经带了强烈的偏好！

黄永梅：太可笑了！在中国的一个特别行政区里，让学生们多接触中国文化，反倒成了你口中的偏好？！这是什么理论！

张玛丽：黄老师，你中毒太深了！

黄永梅：张老师，你自己就是毒！

阿正噗嗤一声，打断了针锋相对的两个人。

张玛丽：进来！

阿正进了办公室才发现，原来屋子里还坐着不少老师，但在张、黄争辩过程中，竟无一人开腔。

○ 内　警署　日

警督通报近日警情。

警督： 各位，从这周开始，市民上街游行会更加频繁，我们仍不能松懈。

方力伟： sir，近来示威者的武力攻击前所未见，砖头、铁枝、雨伞都是正面飞来，有盾牌不代表不会受伤，同事们长时间工作，压力非常大。

唐志坚： 在某些暴力示威者的眼里，我们警方是受薪工作，我们配备专业装备，有胡椒喷雾、催泪喷剂，好像就是无敌的，暴力者自称鸡蛋，叫我们铁墙。这些完全是错误的，哪有鸡蛋手持铁枝，扔砖头的？

警督： 的确，同事体力已经接近透支，非常疲惫。警署已经申请了一笔紧急预算，为前线警员添置防护设备。我也非常理解，但即使这样，我们一定还是要保持克制、理性，坚决按照警务规定维持社会安定。

唐志坚： 阿sir，还有个问题。

警督： 唐警官，请讲。

唐志坚： 呃，我们前线的同事尽管身穿防暴装备，手执警棍，看起来很安全，但事实上，同事们更担心的是被人网络起底，很多同事说，他们的朋友圈已经不能容忍警察了，甚至放假休息时，即使不穿警服也担心被认出，被霸凌。

警督深沉地点头，他站起来讲：这个问题我也注意到了。我们3万名香港警察，拥有'亚洲最佳警队'的荣誉，全世界都对我们执法有所期待。那些暴力的示威者，脱下黑衣，也只是普通市民。而我们警员接受过专业纪律训练，比他们有更大的克制能力，暴力示威者，终究是乌合之众，即使在网络上煽风点火，也不能影响我们在执法过程所拿捏的分寸……

切到警督在电视新闻中讲话

警督： ……我只能说，这是我们身为香港警察在严正执法过程中，在这个特殊的时期，必然承受的压力——我们已做好准备接受这段特殊的考验！

切

○ 内　阿正家　夜

电视新闻里，警督在讲话。

阿正和杰仔打游戏，唐志坚电话call来。

唐志坚：阿正，在家吗？

阿正打游戏中，心不在焉：嗯，在。

唐志坚：老爸今晚值夜班，晚饭在冰箱，自己热好吃掉。

阿正：嗯。

唐志坚：喂，别对老爸心不在焉的，又在打电玩？

阿正：不然呢，要不我去街上散步？

唐志坚：臭小子，哪都别去。

阿正（不耐烦）：哎呀，知道了。挂了啊。

唐志坚还没说完，阿正就把电话挂了，嫌老爸话太多。

杰仔：阿正，你要考港大，对不对？

阿正：有这个打算。

杰仔：要不咱现在去港大转转？

阿正：现在？

杰仔：机不可失啊，趁今晚没人看你！

阿正：平常也没人看我！

杰仔：走啦！

阿正：我不能太晚回家。

杰仔往出推阿正。两人穿鞋准备出门。

阿正：我必须先做一件事！

杰仔：啊？什么事？

阿正打开冰箱，取出一份早已分装好的晚餐，犹豫了一下，又取出一盒，放到专门的餐包里。二人出门。

杰仔：这么贴心，给我也带了一份啊，嘿嘿！

阿正：等我去趟叶伯家。

杰仔：我也去！

○ 外/内　叶伯家　夜

阿正敲门，屋里没反应。

杰仔：老头出门了吧。

阿正：不会，叶伯不方便走路。

阿正继续敲，仍然没人开门。阿正从餐包里掏出了钥匙。

杰仔：你有钥匙还敲什么门？！

阿正：备用钥匙，一般不用的！

叶伯家死一般寂静。二人轻手轻脚进屋。

阿正轻声：叶伯？叶伯？

客厅传来声音很小的电视新闻声。叶伯半躺在椅子里，只露个背影。

阿正：叶伯，我给你送饭来了。

叶伯没有回答。

阿正把两份餐包都放到叶伯桌上。叶伯仍旧一动不动。

"谢谢你，阿正。"突如其来的一句，把阿正、杰仔吓了一跳。

二人上前，看到叶伯眯着眼睛，有气无力地回答。更令人匪夷所思的是，平常只穿起居服的叶伯，竟然身着正装，头发抹得光亮整齐，只是脸色苍白、表情冷漠，手里的书也不见了。

阿正：叶伯，你穿这么正式，是阿超他们要回来了吗？

叶伯：阿超？回来了，又走了。阿超不会再回来了。

杰仔偷偷提醒阿正赶快离开。

阿正：叶伯，要不要我帮你热晚饭？

叶伯： 不用了，你去忙你的吧。你们年轻人，总有自己的事要忙。

叶伯无力地摆摆手，示意二人离开。

○ 外　某大学校园一角　夜

虽然夜晚降临，但大学校园灯火通明，处处都有学生活动和聚会。动静最大的来自校门不远的一处，几十人围在一个小舞台附近，舞台上，钟翰学和梁琦在演讲，他们高亢的声音透过扩音器，整个校园都能听到，引起阵阵呼应，声浪颇大。

阿正和杰仔被声音所吸引，快速走了过去。

梁琦： 如果说香港还有自由的话，那么首先应该尊重的，就是学生自由，学生自由的选择，学生所关心的议题！

钟翰学： 我们认为，学生讨论香港议题，是最可贵的事情。我们特别准备了一份问卷调查，请在场的各位填写一下。我们想了解真正的民意！

几位同学开始给在场的众人发问卷，阿正和杰仔也各领到一份，其中有一题非常扎眼——

2047年后，香港独立，你们是否同意：a同意，b不同意，c不清楚

阿正瞪大眼睛，他看杰仔有些犹豫。

阿正： 喂，这有什么好犹豫的？

杰仔（压低声音）： 这份问卷我很早前就见过了。

这时，人群中有人（周鼎森32岁）质疑：

周鼎森： 你们这算什么！任何人讨论香港议题，都有个界限！

梁琦： 言论自由！

周鼎森： 讨论香港议题必须要符合基本法，否则就不是自由不自由的问题了，是违法！

钟翰学： 违法？违反哪一条？基本法第23条吗？

众人哄笑。

周鼎森： 可笑！基本法序言第一句你知道是什么吗？香港自古以来，就是中国领土！如果你们连基本法都不能熟读，还谈什么香港议题！

梁琦： 我们是在学术讨论，哪种情况都可以谈，美国连第三次世界大战都在讨论，谁开第一枪，谁杀多少人，都可以讨论！

周鼎森（冷笑）： 你认为你现在站在高台上，对着这些年轻人，公开宣扬港独，是在学术讨论吗？你这份问卷就是给思想还不成熟的学生提供一种所谓的选项，本质上就是宣传港独，这不属于言论自由，不属于学术讨论。

钟翰学： 如果你有兴趣，我绝对奉陪，我们约个时间，公开辩论！今天不是辩论会，是我们的宣讲会，请你离开。

周鼎森： 愿意公开辩论。

周话没说完，扩音器中梁琦的声音便继续轰炸整片校园，遭遇冷落的周鼎森上台抢麦克风，台上一片混乱。突然不知从何处冲来一群黑衣人，冲上台围着周鼎森推搡。

○ 内　警署　夜

平日一副好爸爸的形象，而披上警服的唐志坚像变了个人，威严尽显。他和同事在报警现场，处理被砸的冰室，唐志坚记录、取证，同事录口供。

店主： 阿sir，你们一定要尽快抓到这帮黑暴。我还要到法院告他们！太过分了！我诅咒他们扑街！

唐志坚： 为什么盯上你，知道原因吗？你们之间是不是有过节？

店主： 根本没有任何过节！阿sir，一男一女两个小青年，进来就递给我一张表格，也不看有客人在，就逼我赶快填表格。

唐志坚： 什么表格？

店主： 你看！什么奶茶同盟！我为什么要加入这个鬼同盟！

唐志坚拿来一看，很简单的表格，大意是主动加入奶茶同盟，支持抗议活动。

店主： 上周我家广告牌就被他们砸过，一看到他们气就不打一处来，我肯定不加入，我为什么要加入！

唐志坚： 简单说明。

店主： 我不填，那个女的就指着鼻子骂我，说我是蓝的！然后就拿起这把椅子，砸我的柜台！不信你看看监控！

警官查看监控。这时，警讯呼叫台骤响。

警讯台： 香港大学有人报警，请编号00879号警官去查看。

唐志坚： 收到，我们马上赶去。（对店主）监控录像我们先带走，很快会给你回复。

唐志坚二人离开冰室店。

○ 外　某大学校园　使夜

唐志坚二人出警，进入校园，循声音找到了人群聚集处。

台下的阿正看到自己父亲来了，吓得赶快躲在隐蔽处。

周鼎森高喊： 阿sir，他们打人。

唐志坚调解，被黑衣人围住，他与另一个同行的警官被人群分开。两人陷入险境。

唐志坚： 警察执法，请你们退后！退后！

警官一手按着枪，一手指着围上来的年轻人：back up！I'm warning you！

但毫无效用，对方也不动手，但紧紧围住唐和他的同事。

阿正躲在不远处，而杰仔仍混迹在混乱的现场。阿正痛苦地看着自己的父亲被围，很想出去推开人群，可是无论如何也迈不开腿。

黑衣人1： 警察不能进校园！

黑衣人2： 谁允许你们进来的！

黑衣人1： 记下这个黑警的编号！

唐志坚： 请保持距离，请勿妨碍公务。

黑衣人2： 阿sir，是我报的警，明明点了一个女警官来，怎么是你？

警官： 第二次警告，再靠近我就⋯⋯

黑衣人从后面推了一把年轻警官，众人一阵哄笑。年轻警官迅速掏出枪。唐志坚见状拨开众人，一把按住年轻警官持枪的手。

唐志坚： 不行，校园里绝对不能用枪。快收起来。

年轻警官红着眼，已经濒临崩溃边缘。

黑衣人们趁机涌上来。

黑衣人： 连枪都不会用！毕业了吗？！

唐志坚转身对准叫器的黑衣人射出催泪喷剂，黑衣人们一阵惊乱，不知从哪里扔来一个易拉罐，砸到了唐志坚的头，满脸红色的饮料液体，周围黑衣人以及看热闹的又发出一阵哄笑。

人群不约而同地大喊：黑警！黑警！

阿正捂着耳朵，蹲在地上，他不敢看父亲被围的画面，而每一句"黑警"的咒骂，都扎进阿正的心里。他逃离了现场。

○ 外　公园　夜

阿正颓丧地坐在公园椅子上，百无聊赖地刷手机。WhatsApp的各个群组里充斥着对警察的不满和嘲弄。他无意细看，不断上翻聊天记录，突然一张照片映入眼帘——是刚刚在港大唐志坚和年轻警员被围的照片和视频。几乎无一例外地，大家都在嘲笑、奚落这两位警察。

聊天记录： 这两位警察，一个是老头子，一个是小菜鸟。被整是必然的！哈哈！

聊天记录： 感觉警队已经无人可用了！

阿正气不过，回了一句：警察做错了什么？这么羞辱他们？

马上有人贴出CNN和BBC的报道，标题直接批评警察《过度使用的警力》

聊天记录： 睁眼看看吧！他们干了多少坏事？！

阿正气恼地关掉手机。

○ 外　街道　夜

　　走在回家的路上，阿正看到了香港的夜晚，不同以往的是，有很多涂鸦和
"黑警"的大字标语。阿正觉得作为警察的儿子，有点羞愧。

○ 内　阿正家　夜

　　客厅灯仍然开着，唐志坚和衣躺在沙发里，早已疲惫入眠。
　　阿正远远地看着父亲，并不想打扰。然而看到挂在衣架上的警帽时，阿正气
恼，他倒了杯水，推醒了父亲。
　　唐志坚猛地坐了起来，一把拉住儿子，瞪大惊恐的眼睛环视四周。
　　阿正手里的水撒了出来：爸，这是在家。
　　唐志坚很快缓过神来，接过水杯喝了一口，定了定神。
　　阿正坐到不远处的椅子里，刻意与父亲保持一点距离。
　　唐志坚恢复了父亲的状态：阿正啊，什么时候回来的，吃过饭了没有？我给
你煮碗面。
　　还没说完就要起身。
　　阿正：我吃过了。爸，我想问你，最近这段时间累不累？
　　唐志坚：最近确实挺忙。
　　阿正试探：今晚，呃，今晚你怎么样？
　　唐志坚：呃，正常，一切正常。只是替同事加了班。
　　阿正：同事病了？
　　唐志坚：也不是，他只是暂时离开一段时间。你问这些干什么？
　　阿正：爸，你要不也请假一段时间吧，很久没度假了。
　　唐志坚：儿子学会关心老爸了。可惜最近不行，警队人手紧张。等过了这段

时间，老爸带你出去旅游。

阿正： 别的同事可以离队，你怎么这么敬业，不能去休几天假？

唐志坚深感疑惑，他看着儿子，听出来另有所指：阿正，你想说什么？

阿正： 爸，我知道你今晚过得很不容易。可是……

唐志坚： 可是什么？

阿正： 可是你有没有反思过，为什么这么多人都针对警察。难道你们就一点都没做错吗？

唐志坚： 阿正，你讲这话到底什么意思？

阿正： 网上很多很多人对警察的信任感很低，低到觉得没有警察才安全！

唐志坚： 胡扯。警察保护市民，市民信任警察，警队一直在这么做。

阿正情绪激动： 那很多人都说警察失去理智，执法过火，泄私愤！有照片有视频！

唐志坚： 阿正，看来你对老爸的职业有很深的误解。老爸当年与黑社会的烂仔发生冲突时，即使被指着鼻子骂，我们依然会冷静、理性地对待。更别说现在混街头的几个年轻人了。当然警察也是人，也有情绪，在面对威胁时，也会有冲动，但我相信，香港警察是最具有忍耐力的人。你看到的照片视频，也许并非真实的。你要相信老爸。

阿正： 除非我亲眼所见。

唐志坚愣了几秒： 我同意你上街，也许你该了解一下事情真相。

阿正举起手机： 我会用镜头不偏不倚地记录。

唐志坚： 但前提是不和暴力为伍，不参与街头政治，不做任何违法的事——还有，一定要注意安全。

唐志坚眼中流露出满满的失望与落寞。

○ 外　街头　日

街头人群凝神屏气地盯着建筑外墙的LED大屏：

香港特首召开记者会，宣布《逃犯条例》已经寿终正寝。

有的行人拍手称快，有的人摇头叹气。

○ 内　警署餐厅　日

警官们聚集在餐桌旁，激动得无心吃饭。

唐志坚笑着："寿终正寝"四个字意味着什么？

警官们：街头不再有游行了吧！

众人击掌。

唐志坚：意味着大家终于可以松一口气了，准备好休个假，哈哈！

方力伟急匆匆地冲进来：各位！行动了！

众人不解。

方力伟：沙田，快，已经聚集几百人了！

众警员扔下饭盒离开。

○ 内　器械室　接上

唐志坚等警员穿防弹衣，领取胡椒喷剂。大家一边穿，一边说话。

方力伟拿着两盒橡皮子弹过来。

方力伟：这次集会不寻常，我带了橡皮子弹枪，各位，你们也得做好准备。

唐志坚：有什么消息？

方力伟：听说，这次集会还针对大陆客。我担心局势失控。

警员：那应该调一辆水炮车来，至少得用催泪弹吧。

方力伟：已经打报告了，上面还在观望，勇武派太多的话，真得需要那家伙。

唐志坚：不管怎么样，大家一定小心。

唐嘱咐大家，自己仍旧非常焦虑。

○ 外　沙田商城外　日

示威者高呼口号，成片聚集在商城正门口，现场人声鼎沸。

有黑衣人拉出标语"香港独立"，示威者人群中一阵哄闹。

示威者甲： 我们不要这个标语，你去其他地方，不要混在我们中间！

示威者乙： 我们目标明确，但不包含你说的这些，我们不搞港独，你走！

黑衣人一边喊口号，一边悻悻离开，移动到别处，走前，恶狠狠地瞪了示威者一眼。

另一片，有人静坐，默不作声，显示自己非暴力不合作的态度。

突然，从广场南边入口冲进来很多黑衣人。一个一个蒙着脸，背着包。动作极为迅速，跑到了抗议者前方。

警方早已安排了警力维持秩序，水马、铁栅栏把指定的集会区域围拢住。警车旁边高竖橙色旗子。警察们排成一排，密切注视离他们最近的抗议者，这些人看起来热血冲头。

抗议者： 大陆人滚回去！拒绝在香港购物，拒绝占香港便宜！

抗议者发动了很多人不断重复口号。

沙田商城是大陆游客最喜欢采购物品的地方，在这里，香港抗议者把目标针对来自大陆的客人。从商城侧门，数名游客打扮的大陆人在警方的保护下，迅速离开现场。而被抗议者发现了，数名抗议者马上围了上去，冲着逃离的游客高喊"滚回去"！

大陆游客： 凭什么让我们滚，这是中国的香港！谁都可以来！

两个人像见了面的仇人，脸贴脸对峙，互相叫骂。

警察眼见抗议者与游客发生冲突，马上介入，将二人分开，抗议者身后冲来一批黑衣人，二话不说对着游客和警察扔鸡蛋，警察满脸蛋汁非常难堪，游客揪着一个扔鸡蛋的黑衣人挥拳相向，二人扭打起来，而其他黑衣人纷纷赶来救自己的同伴。

现场一片混乱。

○ 外　沙田商城另一角　日

人群中，阿正举着手持减震器，挂着手机拍摄现场。他连线直播抗议现场。

阿正：我是阿正，我在沙田现场直播。我们反应真相。目前看，抗议集会比较和平，没有明显的冲突。

他四处看看，发现一中年男子挺直腰杆，非常端正地坐在原地，一动不动。阿正采访。

阿正：先生，你一直都是用这种方式示威吗？

静坐者：你在直播吗？

阿正：是的！

静坐者：只有和平抗议才是对话的前提，这是我们所有人的共识，我们希望我们的想法能准确、顺利的传递给大众、给政府，和平是前提！我也希望看直播的你们，大部分是年轻人吧，对，希望年轻人也能这么做！来，你看——

静坐者指着不远处给众人分发水的女孩——

静坐者：那是我女儿，今年16岁！

阿正（惊讶）：你女儿也来参加街头抗议吗？你同意她来？

静坐者：小朋友只在屋里看电视关注示威，我觉得不够。

阿正：我这是第一次听到爸爸允许孩子上街头示威。那你不怕她有危险吗？

静坐者：记住，你做任何危险事之前想一下妈妈，想一下家人，自己的前途，是不是值得，人往往多想一下，就可能有不一样的选择了！

突然旁边一位中年妇女主动要求拍摄，她显得很憔悴。阿正将镜头对准了她。

妇女：我来参加示威，完全是为了我的孩子。他还未成年，经常半夜才回家，我担心得要死，一回家紧紧抱着他，看他有没有受伤，我实在熬不下去了，就跟他说，妈妈上街去替你，你可不可以在家。

说着，她泣不成声。这时广场远处传来一阵吵闹声。

有人喊：那边和大陆客打起来了！走，我们过去！

阿正跑到起冲突的现场。几名大陆游客已经离开，防暴警察和抗议者对峙，气氛变得异常凝重而紧张。一个女性的声音坚定而持续地从扩音器中传来。那是现场唯一清晰可辨的声音。

陈虹秀：请大家保持冷静和克制！

陈虹秀身穿印有"我们是社工，守护公益"字样的绿色T恤，在人群中，是少有的不带头盔、眼罩等装备的人，她站在一个反扣的木箱子上，比众人高出半个身位。

陈虹秀：前面的抗议者请注意，刚才你们因为一件小事，情绪突然变得激动，我现在恳请你们冷静一下，如果因为一个两个游客就让你们觉得受到了侵犯，那你们的脑袋就不够冷静了。

很明显，这样的喊话有些作用，有些抗议者动作不再那么激烈。

这时，防暴警察向前跨出一步，明晃晃的盾牌在太阳光的照射下闪闪发光。

陈虹秀（对着警察喊话）：提醒警务人员，我能看见，很多抗议者已经后退了，再多给点时间，大家就都退后了，请依旧保持克制！你们没有受到任何威胁。

阿正看到陈虹秀，兴奋地跑到跟前，高举手机拍摄。

陈虹秀挡住话筒：阿正，你怎么来了！

阿正：陈姨，我要拍一些最真实的片子！

陈虹秀：注意保护好自己！

几名明显烦躁不安的警察，手持警棍走向陈虹秀，其中一名扯掉防毒面具和头盔，原来是方力伟警官，对陈大喊：我请你——用你的麦克风——叫后面的——市民——立即离开！

陈用扩音器回答"重新讲一遍，我没有资格叫任何人离开，我只是在这里做调解工作，尽力减少暴力行为。"

方力伟：那你用你的麦克风——呼吁他们继续后退。

陈虹秀：警官，他们已经不再往前冲了。

方力伟很无奈：继续——呼吁！然后离开。

然而，不远处一群黑衣人袭来。

○ 外　沙田广场一角　接上

方仲健摘下面罩，向周围的小弟们喊话：今天是检验我们训练成果最好的机会，事实已经证明，我们的野猫战对抗警察非常有效果，大家各自找位置，我们要遍地开花！杰仔也在队伍里，随众人高喊一声"打倒黑警"，四散跑开，方仲健戴上黑色面罩，消失在人群中。

○ 接上

唐志坚和几名警员手持盾牌与正在冲击的示威者们对抗，僵持不下之时，突然一股力量冲来，唐被重重地撞击倒地，手中的盾牌也脱落了。他赶快起身，但眼前黑影一闪，冷不防一脚踹来，自己又踉跄倒地。即使被袭击，他仍没有掏枪，手里只举着一瓶胡椒喷雾，朝着冲过来的黑衣人喷。事实上毫无作用，他被搞野猫战的黑衣人（方仲健）用木棍打到头部，仰面倒地。

空中飞去几枚催泪弹，落在他的正前方二十多米处，一阵阵浓雾弥漫，周围虎视眈眈的黑衣人纷纷避让。但不知哪里传来的辱骂声此起彼伏——黑警！去死！

这时身后赶来两名同事，一人一边，拉着唐志坚的背心肩带把他拖回阵地里。

对面阵地里，方仲健从背包里掏出两枚简易制作的汽油弹，掏出打火机点燃，塞给杰仔和另一个小弟。

嗖嗖两枚汽油弹穿过灰白色的烟雾，落在警方阵地中，啪啪两声，火光四起。警员们后退数米。人群中又爆发出欢呼声和辱骂声。水枪警车赶快灭火。警察又抢回失去的阵地。

○ 外 沙田广场另一侧 日

阿正远远看到广场一侧爆发的激战，他把镜头对准了浓烈的灰白烟雾，旁边跑来跑去的示威者抓住阿正胳膊：有水吗，我眼睛好辣，帮帮我。

阿正赶快掏出水，对着那个人的眼睛冲。

示威者感谢阿正，揉揉眼睛又跑了。阿正继续赶去激战现场，这时，熊熊火光已经点燃。

很多黑衣人鸟兽散，"水炮车都用上了！快跑"

阿正没敢再往前行进，他远远地拍摄浓烈的烟雾、冲天的火光，很快又被浇灭，以及在空中挥舞的水柱。

○ 外 沙田广场外巷子 日

阿正匆忙躲到附近巷子里，他把手机里的视频上传到youtube里，又把链接分别发在不同的连登社群里，瞬间有人点赞，有人评论：

"这个大神是谁？拍得真棒！是我看过最有时效性的示威视频！大家快转！推他上top1！"

这时，私信发来。一个女声声音：hello，我是郭美玲，我们有个纪录片小组，专门制作街头视频，电视台曾使用了我们拍的视频，请问可以使用你的片子吗？

阿正：谢谢你的关注，你可以用作公益用途。

郭美玲：我们是百分百公益使用。

阿正把链接发给了郭美玲。

郭美玲发来一个笑脸和一颗红心：我们需要使用原片啦，方便剪辑。我们见一面可以吗？来香港新成街15号2楼啦！

○　内　某大厦室内　日

阿正找到了15号2楼，从外面看这是个非常普通的办公单元。敲门。

郭美玲开门，阿正摇了摇手机。

阿正：我，呃，来送视频。

郭美玲：哇哦！各位！来看看新加入我们的大摄影师！

众人拍手欢迎！

阿正面对众人的热情相待，有点不好意思。

进门后，才看到，原来这间办公室虽然不大，但室内分区明确：电脑区用来编辑图片、剪辑视频；手工区制作海报等；会议区墙面挂了一个大白板，用以讨论活动细节。

○　外　某路　夜

一辆面包车戛然而止，方仲健在副驾指挥，杰仔带着几个黑衣人，从车里搬出工具，把路边的垃圾桶、井盖等撬开，设置路障。

○　内　某大厦室内　日

郭美玲热情地拉着阿正的手，给他一一介绍。

郭美玲：来，阿正，我给你介绍下我们的团队——林建文，我们的老学长，我们的活动都是林学长策划和组织的，经验超丰富的。这位是钟翰学……

阿正：钟学长，我认识的。

众人：啊？！真的吗？

阿正：学生动源嘛，对不对？

钟翰学笑呵呵地点头：是不是在校园里见过？我们做宣传的时候。

阿正使劲点头。

钟翰学：阿正，你对这段时间的示威有什么看法吗？

阿正：我，我还需要了解多一点，但经过这次，我认可和平、理性地游行，我不喜欢暴力。

郭美玲：但是，勇武派也是实实在在存在的，不能熟视无睹嘛。他们的理由也很简单，如果和平示威没用，只能革命——阿正，你怎么看？

阿正：呃，我其实也不知道。只是感觉，大家都挺理想主义的吧。

林建文盯着阿正：没看出来，阿正默默思考呢。我是从你们这个年龄过来的，理想主义正是年轻人最看重的，最愿意付出一切去追求的。

○　外　某仓库　夜

杰仔打开一个硕大的黑塑料袋，里面装满了空瓶子，旁边堆满了布头、还有好几桶汽油。方仲健和一个外国人指导十几个黑衣人制作武器，老外给众人示范，点燃自制汽油弹，助跑，然后扔出，在一阵火光中，大家欢呼。

○　内　某大厦室内　日

林建文（继续）：你们知道吗，我刚毕业的时候，追求理想，立志要做自由艺术工作者。我做过舞台剧演员，也尝试做导演，一直很不顺利，后来我教舞蹈，也不顺，我又改行做手调饮品的店员，装修工人……我问我自己，是不是不能再坚持我的艺术理想了？在我最怀疑自己的时候，我有幸遇到了一些最了解我、最懂我的人，他们都在一家公益组织里工作，和我一样，坚持自由工作。

阿正听到这里，非常感兴趣，忍不住问：学长，你跟我说说，是什么组织？

林建文：美国文化中心！在我最自暴自弃的时候，最自我怀疑，自我否定的时候，我的老师给我讲了一番话，彻底改变了我……

林建文故意卖关子，他低下了头，似乎在回味，又像感动到心绪难平。

阿正：你的老师说了什么？

林建文深吸一口气: 他,一个美国人,却非常了解香港人,他说,阿文,虽然看起来你现在是"马死落地行"(粤语,失去谋生工具),没得选择,但我要告诉你,永远保持乐观,永远张望前方,因为理想像灯塔,永远吸引你前进。眼下的不快乐也许很难跨越,但所有的挫折和磨难都是在争取自已自由之路上,必须经历的考验,懂得"执生"(粤语,随机应变)就不会死。

阿正听得心潮澎湃,使劲点头。

○ 内　警署　日

警督主持警务会议,参会的警员中,也有伤员。

警督: 昨日沙田示威是对我们警员极严苛的考验,昨天一役,就有9名警员负伤,他们有的被汽油弹烧伤,有的被弓箭射伤,有的被刀具刺伤。但欣慰的是,伤员都没有生命危险,我们警员用专业、克制谨慎的执法,为全世界展示了港警的形象。我已同保安局协调,近期会增购新型装备,这些装备均从海外引进,这些装备都有良好的记录,在适当的时候,适当使用,能减少警员以及示威者受伤的风险。

众人欢呼。

警督: 当然,沙田示威的现场也出现了很多前所未有的新情况,比如汽油弹,经过初步调查,这些自制的武器已经构成恐怖行为,一定有幕后力量支持他们,提供资金、提供培训。未来一段时间,我们在维持治安的同时,还要加强打击恐怖行为。

唐志坚: sir,我在现场,非常了解实情,暴力的勇武派看起来是有组织的,而且也形成了战术,我们警队将面临更大的困难……

警督: 阿坚,你直言无妨。

唐志坚: 警队每个警员的日常工作已经高度饱和,恐怕对付恐怖分子会有心无力,我们……需要援手。

警督: 现在临时招聘还需训练,这不是短时间能解决的,远水解不了近渴。

方力伟（压低声音）： 你说的莫非是驻港部队？

会议室里顿时鸦雀无声。

唐志坚： 不，我说的是返聘退休警员，按照他们的背景，可以充实调查、巡逻等部门的人手缺口，尤其是录口供、核查监控录像这些工作，腾出的人手，可以全力打击恐怖分子。

警督当即拍板赞同。

○ 内　阿正家　傍晚

唐志坚在厨房煲汤，他把饭菜分装好，用叶伯专用的保温焖烧杯装好一份，放在桌上，等阿正。唐志坚拨打儿子电话，等来的却是无人接听。挂钟指针到了晚上七点，阿正仍旧没回家，唐志坚无奈，穿上一身运动服，提起焖烧杯，出门。

○ 内　叶伯家外楼道　夜

唐志坚敲叶伯家的门，无人应答。侧耳细听，毫无动静。唐敲开邻居家门。

唐志坚： 请问有没有看到叶伯出门？

邻居： 没有。

唐志坚： 确定么？

邻居（笑）： 叶伯要是出去一趟，声响很大。不过……

唐志坚： 怎么了？

邻居： 叶伯昨天出去了一趟。

唐志坚： 他一个人行动不方便，谁带他出去？

邻居： 我呀。他显得很着急，使劲锤我的门，要我推他下楼，说要追上阿超。

唐志坚： 他孙儿阿超回来了？

邻居： 在家没呆几分钟就急匆匆地走了。好像和叶伯吵架了。我劝他说阿超早就走了，他不死心，一直喊、一直喊，后来实在没法，就回家了。

邻居： 你没有备用钥匙吗？

唐志坚一拍脑袋，从焖烧杯的一侧拉链口袋里，摸出钥匙，连声感谢邻居，打开了叶伯家的门。

○ 内　叶伯家　接上

窗帘紧闭，屋里弥漫着令人窒息的气味，不知哪里散发着恶臭，唐志坚赶忙拉开窗帘，推开窗户，阳光空气涌入，而唐志坚却几乎昏倒——叶伯直挺挺地躺在沙发上，头发梳得一丝不苟，笔挺的正装，崭新的皮鞋，但面色灰白，呼吸停止。茶几上散落的安眠药和遗书说明了一切。

唐志坚报了警，坐在叶伯对面盯着遗书发愣。不多时，同事赶来。唐志坚拎着焖烧杯，神情落寞地离开现场。

○ 外　街道　夜

唐志坚走在街上，耳边回响叶伯的遗书：

"吾孙叶家超，数典忘祖，认贼作父，甘心加入黑暴，收受黑金，终日以作乱香港为目标，全然背弃承续五代的叶家教导，深究其因，在于我叶尚礼疏于管教儿孙，致使儿孙家国意识淡薄，为崇一己之私念，摒弃应持之礼，背叛我祖。勿论中外，家超的所作所为已是最令世人唾弃的叛逆。念及家超仍幼，责任我负。我愿以死谢罪，希望能代家超赎罪。"

唐志坚噙着泪，把手中的焖烧杯使劲地摔在地上，抱头痛哭，引来路人侧目。

○ 内　某大楼会议室　夜

电脑、手机、平板的多屏联动让阿正非常忙碌，他将电脑里的信息转到手机的连登论坛中，又将平板上的"推特"信息倒去电脑论坛里。他熟练地传递示威活动的信息图片和视频等。

郭美玲给他端来一杯冰咖啡。

郭美玲： 阿正，你的加入让我们意外得到一员大将！感谢你，阿正！

阿正听到召集人如此认可自己，有点害羞：师姐，我会尽力的！

郭美玲： 嗯，该休息时要休息，别累着自己。

阿正： 我不累，晚点再走。

阿正内心有了一种被认可、被需要的感觉。

○ 内　阿正家　夜

阿正悄悄进门。深陷在沙发里的唐志坚，表情严肃，一盏暗灯照得他半明半暗。

唐志坚： 去哪里了？

阿正： 我复习功课……在家效果不如在冰室来得好。

唐志坚： 来，坐这儿……

阿正忐忑不安地坐在旁边，二人相视无语，气氛凝固。

阿正起身： 我去洗澡。

唐志坚： 叶伯去世了。

阿正僵在原地： 叶伯他？

唐志坚： 阿超彻底沦落成黑暴，叶伯觉得自己没能教管好，吞了安眠药。

阿正不语。

唐志坚： 家破人亡啊，阿正！

阿正把自己关在房内。

○ 外　　篮球场　　日

阿正和杰仔打球。阿正明显心不在焉，投球疲软无力，大汗淋漓的杰仔则像一只生猛的狼。

杰仔用球砸了一下阿正：你怎么了？

阿正：叶伯昨天，自杀了。

杰仔边投球：哦，那个奇怪的老头子吗？

阿正：口中留德吧你！

杰仔吐吐舌头：实情嘛，那天咱们去就发现他有点不对劲，对着电视骂，节目嘉宾又听不到，真是老糊涂了。对了，那个嘉宾我挺佩服的。

阿正低头踱步。

杰仔：也是个老头子，叫什么来着，香江才子之一的陶杰，对，陶杰。

阿正：我知道他，破落贵族嘛。

杰仔：以前真的是贵族吗？

阿正：我不知道啊，都是听说的，还听说他超怀念英国人呢，人家都说他那类人是恋殖。

杰仔：恋什么？

阿正走到休息椅，拿起毛巾擦擦脸：恋殖，就是留恋殖民者！

杰仔：没看出来啊，阿正，你懂得还挺多。从哪学的？

阿正：你少和那个方仲健混在一起就什么都会了。

二人离开篮球场。

○ 外　　校园路　　接上

杰仔：方仲健可是我的偶像！你不喜欢他，那是因为你不了解他。

阿正：你说说他。

杰仔：像领袖！令行禁止！我最服他！

阿正：方仲健太暴力了，我也接触了很多示威的人，他们反对使用暴力。只有理性表达，才有可能把理念传达出去，用暴力只能适得其反。

杰仔（激动）：对付那帮臭警察，就得使用武力！

阿正生气地盯着杰仔。

杰仔自觉失言：呃，你，你爸不算臭警察，不过，总归是警察，这，这还是有点……你不信问问你爸，他警队里有多少警察比我们还狠，他们打了多少催泪弹，多少布袋弹……

阿正：那是你们使用暴力在先好吗！你们到底要的是什么？

杰仔：方仲健说了，就是要让警察们知道，我们不是好欺负的。我们要让他们吃点苦头！

阿正揪住杰仔的衣服：不能针对我爸！而且我爸是警察，这件事不能告诉方仲健他们。

杰仔：我知道的啦，一句没说。

这时，前面的文化广场传来一阵喧哗吵闹声，阿正和杰仔快步过去。

○ 外　校园文化广场　日

文化广场挤满了刚刚下课的学生，大家围着一个舞台，舞台背景拉了一个硕大的横幅，上面写着四个大字：香港独立。

在文化广场上，有两群人相互喊话，一方持普通话，一方说广东话。

普通话学生：香港是中国的，把这种标语撤走！

广东话学生：听不懂！回中国去！

普通话学生：装聋作哑！你们这群港独！獐头鼠目！

广东话学生：我们有言论自由！（高喊）拒绝沉沦，唯有独立！

普通话学生：（高喊）拒绝港独，绳之以法！

广东话学生：想抓我们？依什么法？！哈哈！

普通话学生：（愣了一下）拒绝港独，绳之以法！

两边声量越来越大，脸都涨得通红！

广场上有十多名穿深蓝色衬衣的校园保安，观察广场的情况，两边还算克制，没有演变成肢体冲突。普通话学生先行离开，其他围拢的人也渐渐散去。

○ 内　阿正家　夜

唐志坚敲阿正房门，补了一声：来吃饭吧。之后便不再催促，阿正放下课本，默默地走到餐厅，看到父亲没等自己已经自顾自地吃了起来。

阿正坐在对面，欲言又止。

唐志坚：想说什么就说。

阿正：我，我现在犹豫要不要读香港的大学。

唐志坚：为什么这么想？

阿正：香港学生和内地学生不和。

唐志坚愣了，把碗筷搁旁边：又是听谁说的？

阿正：我自己看到的。

唐志坚：都是中国人……算了，我不说了，说多了你又讲我总是命令别人。吃饭吧。

阿正没说话，胃口也不佳。

唐志坚闷头说：考哪里的大学是你的自由，英国的、美国的、新加坡的，读哪里的大学没差，关键是脑袋清不清醒。

阿正若有所思。

○ 外　杰仔家门　日

阿正一早在等杰仔，突然方仲健出现，一把搂住阿正脖子。

方仲健：阿正啊，最近在忙什么？

阿正（声音越来越小）：没，没什么，读书，考大学……

方仲健使劲钳紧阿正脖子：考大学有什么用？像个书呆子，我问你，有没有上街示威？

阿正：上，上街了，但是没示威。

方仲健：没人教你还是不够胆？

阿正挣脱开：都不是……

这时，杰仔冲了出来，怒气冲冲，他的母亲哭着喊杰仔，也踉踉跄跄地跟了出来，一把拉住杰仔。

杰仔母亲：杰仔，妈妈求你了，这段时间就在家，哪都别去啊……

杰仔父亲从屋子里扔了一个黄色头盔和防毒面具出来：让他滚，我没有这个儿子！

杰仔：你看到了，和这种人怎么相处？是他逼我走的。

方仲健露出一抹笑，看着这家人大吵。阿正想上前劝架，被方仲健一把拉住。

杰仔母亲：儿子，妈妈担心你啊，每次看到闹事的人被捕，就担心下一个会是你啊！

杰仔：我们做的是正经事，而且我不会被抓的。

杰仔父亲：天天打着港独的标语在街头打砸，搞破坏，你跟我说是正经事！我好希望警察现在就把你抓走。

方仲健走上前：我们是英雄！我们用自己的行动告诉所有人，这场示威不会停止！

杰仔父亲：好啊，头头现身了，天天给我儿洗脑，看我不打死你。

杰仔父亲挥拳冲了上去，方仲健一把抓住杰父的拳头，二人较劲，方仲健很快占了上风。

杰仔母亲扒着方仲健的胳膊：你放开！

杰仔冲了过去，他并没有维护父亲，而是用力将二人分开。

杰仔父亲：你是个忤逆不孝的畜生，你滚，你再也别回来。

方仲健：杰仔，走。

二人头也不回地离开，阿正突然觉得自己对杰仔从来没这么陌生过。

○　外　　街头　　日

示威人群与警察对峙，人群中突然射出多束镭射光，像钢针一样刺向警察的眼睛。镭射光来自队伍中的黑衣人，他们趁着人多，人手一只镭射笔，瞅准机会射向警察，尤其瞄准那些没有佩戴护具的警员。

很快，许多警察开始发觉自己眼睛刺痛，纷纷退后，有的甚至蹲在地上，紧紧捂着眼睛。眼见同事受伤，唐志坚马上亮出"警告-催泪弹"的标语旗，然而黑衣人更加猖狂，纷纷把镭射光对准了手持标语旗的唐志坚。

呼呼，几枚催泪弹射出，黑衣人及示威者顿时后退数十米。

"黑警"声又此起彼伏。

佩戴护具的警察们从两侧向前推进，对暴力的黑衣人实施抓捕。其他黑衣人们纷纷落跑。

在示威队伍的后方，阿正举着手持减震杆拍摄示威。眼前从前方涌来一阵人潮，他逆势而上，阿正冒险拍摄具有震撼效果的影像。突然两只大手拽着阿正离开现场。

○　外　　巷子　　接上

阿正被拽到一个巷子里，躲开了人群踩踏和催泪弹的烟雾。

阿正喘着粗气：谢谢你们……

二人摘下口罩，原来是方仲健和杰仔。二人也不接话，在方仲健的示意下，杰仔掏出一捆镭射笔。

方仲健：阿正，这些镭射笔你先帮我们保管几天。

阿正：啊？能不能找别人保管啊，我没地方放……

杰仔也犹豫，他知道阿正父亲是警察，但方仲健不知，仍坚持：愣着干什么！动作麻利点！

杰仔只好塞到阿正的包里。

阿正： 你们什么时候取啊？

方仲健： 回头杰仔找你！快撤。

二人丢下阿正消失在巷子深处。

○ 内　警署　日

警署大堂，摆放了一副巨大的中国象棋棋盘图案，棋盘一半竖着印在电梯门及墙壁上，顶部摆着八颗棋子，上面写着八个红色大字：忠诚勇毅、心系社会。

另一半平铺在电梯出口处的地面上，上面散落着"车马炮卒士"数颗绿色字体的棋子。

警督带领记者参观，并接受采访。电梯门打开，他们从电梯走了出来。

记者： 为什么要把中国棋盘放在这里呢？

警督面对镜头，微笑着回答：你们看，中国象棋这一图案，气势如虹，极富冲击力。中国象棋代表着中国悠久的文化和博大的智慧，而香港警队已有170多年历史，经历了很多大风大浪，两者内涵和形式都非常契合。

警督带领记者走到列队的警员身边，镜头扫过一排排神情肃穆，正气凛然的警员，拍下了忠诚刚毅、心系社会的脸庞。

警督： 半年多来，修例风波让警员迎来了很大的挑战，很多警员加班加点，非常疲惫，而且还不时面临生命危险。

镜头拍下了唐志坚的特写。

警督（继续）： 然而警队没有人退缩，落子无惧亦无悔，是经得住考验的优秀队伍。尽管风波还未平息，但这次事件也让我们更加不忘初心，服务市民，服务社会，让香港成为全世界最安全的城市之一，让市民安稳的生活。

○ 外　香港街道　日

大楼的LED中实时播出警督的讲话，经过的市民深受鼓舞。

警督（节目中）： 违法是绝对不可接受的。希望市民们也像下象棋般，从容不迫，以更正面、更积极、更平和的心态，通过沟通和商讨，处理挑战和分歧，让香港恢复平静和繁荣！

○ 外　某仓库　日

方仲健在平板电脑中看电视直播，他看到警督站在棋盘前方，面对镜头，向香港全体市民呼吁。方轻蔑地把平板关掉，扔到桌上——堆满了袭警的各种自制武器。

○ 内　阿正家　夜

阿正正在洗澡，唐志坚收拾屋子，把阿正的背包、衣服等从沙发放回他屋子里。当唐志坚把书包放在桌上的时候，无意中看到一束镭射光透了出来。是在挪动过程中无意间打开了按钮，唐志坚惊讶地打开书包，赫然发现一捆镭射笔。

阿正洗澡出来，看到父亲满脸怒气地坐在沙发里，眼前摆着一捆镭射笔。

阿正： 你翻我的包。

唐志坚： 啊哈，恶人先告状了。

阿正： 这都不是我的。

唐志坚： 不是你的怎么在你包里？

阿正： 杰仔硬塞到我包里的。

唐志坚： 如果你拒绝，他能塞给你吗？

阿正： 你想说明什么？是我主动想要的？

唐志坚： 今天铜锣湾的示威，你参加了？

阿正： 请你别用审罪犯的语气跟我说话。

唐志坚： 我现在休班，也没穿警服……

唐志坚把警徽放到桌上，用盘子扣起来。

唐志坚： 现在是父与子之间的对话。你知道这是干什么用的吗？

阿正： 上课。

唐志坚： 现在有人拿这个上街。

阿正摇摇头。

唐志坚拿起一支镭射笔： 功率1000W……

唐打开开关，一道细细的蓝色镭射光射出，他把镭射笔立在茶几上，二人之间竖起了一道蓝色的镭射光。

唐志坚一边说，一边把剩下的镭射笔排成一排，父子二人被镭射光隔开，如同监牢。

唐志坚： 绿色，常用于天文、户外求助用；红色，课堂教学用；蓝色，建筑工地标识用。这些看起来用途都再正常不过的镭射笔，今天……

唐志坚抽出一根火柴，放在一道蓝色光上。

唐志坚： ……灼伤了3名警员的眼睛。

呼啦一声，不到五秒，火柴被点燃了。

唐志坚逐个关掉激光笔。

唐志坚： 今天，坐在你对面的老爸，差点成为第四个。

阿正吓得捂住了嘴巴。

唐志坚（极为严厉）： 阿正，警队不是不同意你们上街示威，合法的游行示威申请，警队从来没有不批准。但是，决不允许暴力发生。对任何人的暴力，包括对警察的，无论他是谁，都绝不姑息……身为警察的我，绝不会包庇一个堕落街头的暴徒！

阿正（又羞又恼又气）： 我真的没有用镭射笔射任何人。我不是暴徒！

○ 内　夜宵店　夜

阿正紧紧抓着书包，坐在夜宵店。杰仔晃晃悠悠地进来，但不马上找阿正，而是神神秘秘地盘查夜宵店，他与店员交头接耳一阵，店员拿出手机给他看后，杰仔拍拍店员肩膀，示意认可，才来找阿正。

阿正：你神神秘秘的在干吗？

杰仔：不在我们圈子里混你不懂。我们买东西订餐只去黄店买。我刚才就在确认这家店到底是不是。

阿正：黄店卖的东西和别的店不一样是吧？

杰仔：是黄店卖东西的人和别的店不一样。

阿正（无奈地摇头）：快把你的镭射笔拿走。

说完，阿正就要往外掏，杰仔赶忙按住阿正的手。

杰仔：我不能拿在手里啊！

左右看下，杰仔盯住阿正的背包。

阿正：不行！

○ 外　街道　接上

杰仔背着阿正的包，与之并肩而行。

杰仔：你和你爸闹翻了，那今晚有地方去吗？

阿正：还没想好。

杰仔（兴奋）：这样吧，我带你去我们营地过夜，怎么样？！

阿正：营地？在哪儿？

杰仔：就跟好莱坞大片《饥饿游戏》的营地差不多，我们在某仓库改造的。

阿正：算了吧，本来我爸就怀疑我跟你们鬼混，我要去了，就真说不清了。

杰仔突然停步，瞪着阿正，满脸惊喜。

阿正：怎么了？

杰仔： 阿正，我求你帮我们一个忙！

阿正： 我？帮你们？

杰仔（语气很软）： 阿正，你看，咱俩多好的交情，就算你不同意我们的理念，但也支持我们抗议，对不对，这可是基本法保障的。

阿正： 你想说什么，跟我说基本法干什么？

杰仔双手扶着阿正的肩膀，就差跪下了。

杰仔： 阿正，我们只是用稍微，稍微激烈的手段表达抗议而已，对不对？

阿正挣脱杰仔： 你到底想说什么，别跟我乱扯，要我跟你们破坏公路，砸人商店，我可不干。

杰仔： 不不，我是想说，我们也不想和警察打遭遇战，我们就想像猫一样，绕开警察，这样双方不就不会发生冲突吗！对不对？

阿正点点头。

杰仔： 那，你能不能……帮我，从你爸那里打听他们警队的警力分布，或者出警任务什么的。这样我们就躲开了。

阿正： 当然不行了，我老爸休班回家从来不谈工作。

杰仔： 谁让你直接问了啊，直接问怎么可能问得到啊！

阿正： 我不明白，那你想让我怎么帮你？

杰仔： 老爸不是有通讯器么，你留意一下就好。

阿正： 哎！这我帮不了你！

说完，阿正走了。

杰仔： 你去哪儿啊？

阿正只是摆摆手，头也不回。

○ 内　阿正家　夜

阿正给父亲道歉。

阿正： 老爸，我已经把镭射笔还给杰仔了。

唐志坚：我听杰仔老爸说，有个叫方仲健的把杰仔带坏了，是不是方仲健搞的鬼？

阿正：这，这我不能说。

唐志坚：自由和权利是吧。

唐志坚回房间，走到门口，平静地问：那你考虑过责任和义务吗？

说完，唐志坚关上房门。

阿正独自坐在客厅，陷入思考。

这时，和警服一道挂在衣架上的警讯器频频震动。阿正起初无动于衷，经不住频繁震动，阿正轻轻查看警讯器——一个类似智能手机的接收终端，只用于警务系统内部，上面不断跳出香港各区突发的情况、市民报警和警队通知。最新一条消息显示：荃湾区有勇武派闹事，让附近警力处理。

阿正打开消息列表，频频跳动的消息一条接一条。阿正纠结要不要通报杰仔，他将警讯器放回原处。

午夜，阿正在床上翻来覆去睡不着。他耳边一直回想父亲问他的话。起身去客厅喝了杯水，又看到警讯器指示灯闪烁不停。他悄悄拿起手机，将警讯器的消息界面拍了下来。

○ 外　街头　夜

一帮黑衣人在方仲健的带领下，埋伏在巷子里，待警察小组（唐志坚是成员之一）经过后，从后方偷袭警察，与其他黑衣人夹击警察。他们出其不意，挥舞棍棒、铁枝，重击警员。危急中，警员射出橡皮子弹。黑衣人纷纷落跑。数名警员受伤。

○ 内　办公室　日

阿正照旧操作电脑、手机和平板，为抗议示威者在线上传递消息。阿正所在的群组里视频乱飞，很多人庆贺警察被打伤。

在一个群组里，方仲健突然发出消息，吓到了阿正。

方仲健：近日我们的屠龙小队成绩不菲，痛击黑警。

大家纷纷发出庆贺表情。

方仲健：这要感谢我们群组里一个看起来默默无闻的成员！他真是太棒了！

大家又纷纷发出问号。

方仲健@了阿正，并向大家宣布：都来感谢阿正，是他提供了最准确的警队行动信息，让我们事半功倍！屠龙小队终于成功屠龙！我要给阿正大大的奖励！

随后，方仲健给阿正私信发了一个大大的红包，以示感谢。

阿正错愕了。他打开在线新闻，赶忙看警队消息。

○ 内 警署 日

记者会发言人：……连日来，示威者在各大商场、公共场所、交通枢纽捣乱滋事，破坏银行商店食肆、毁坏公众设施、殴打异见市民。暴力活动呈现同步、分散的新特征，推断背后有统一的组织指挥协调……令人遗憾的是，受伤警员数量陡然增加……

○ 内 办公室 日

阿正非常担心父亲，他颤抖地拨打电话。但无人接听。

警方发言人（OS）：……暴力分子可以追击行动中落单的人员，凶狠程度仿佛要将警察置于死地……

随后，电视新闻中播出了几则视频，是警员被暴徒围殴，其中一名警员被刀扎上，鲜血浸染了整件衣服，另一个警员殊死抵抗。镜头切换到更加暴力的画面，而附上了两名警员的头像——其中一个，便是唐志坚。

阿正突然感觉到天旋地转。

○ 内　医院　日

两台担架车疾驰在医院走廊，唐志坚和警员同事被热心市民就近送到了医院。在急诊室里，唐志坚一直给被刀扎伤的同事打气。市民催促医生赶快给处理伤口，一位微胖的医生赶到了急诊室，但一看是两位警察，变得不紧不慢。

医生：哪位大呼小叫的？

市民：麻烦医生快来查看，两位阿sir受伤了。

医生气定神闲地就近走到唐志坚旁。

唐志坚：医生，先救我同事！

医生嘴里嘟囔：在急诊室里都能礼让三分，说明你的身体不打紧，要不你去外面等？（看到同事流血的肩膀）才流这么点血？看起来不像什么大伤口。你们做警察的，难道对流血受伤不是习以为常的吗？

热心市民直接揪住医生的衣服：你是不是"黄丝"？说！

医生：这里是医院，我是医生，我，我不讲政治！

市民：你还知道你是医生？请拿出医生该有的专业和态度！

○ 内　病房　日

阿正找到了父亲的病房，隔着玻璃看到腿部包扎着的唐志坚沉沉地睡着。他轻轻推开门，走到父亲床边，紧紧抓住父亲的手。

唐志坚醒来：阿正？

阿正（哭）：爸，你没事吧。

唐志坚：我没事，腿擦破点皮。

阿正：真的吗？

唐志坚：医生说了，明天就可以出院。阿正，吃饭了没有？

阿正：都什么时候了，还在关心我吃没吃饭。

唐志坚嘿嘿笑。

○ 内　警署　日

警督面无表情地召集众警员开会。唐志坚也参会了。

警督： 阿坚，撑得住吗？

唐志坚： 阿sir，没问题！

警督欣慰地点头致意，随后表情变得异常严肃。

警督： 各位，我们警队有内鬼。

短短一句话让现场炸开了锅，有人不解，有人咒骂。

警督： 阿坚组这次的行动，就是被内鬼泄密，暴徒提前安排了伏击。这件事非常恶劣。我们已经着手调查，我相信很快就会查清楚。在这期间，诸位须注意保密，加倍小心。

○ 内　阿正家　夜

唐志坚给自己搓红花油。阿正回家，默默给父亲搓。唐志坚心情好很多。

唐志坚： 阿正，这几天老爸在反复思考，你不是一个坏孩子，那些镭射笔的事，爸也不再追问你到底是谁的了，他们终究会被绳之以法，但我最担心的是你……

阿正越听心越虚，手紧了一下。

唐志坚： 哎哟！轻点，轻点……只要你不做违法的事，老爸就安心了。

阿正突然起身，笔直地站在老爸面前。

阿正： 爸，我，我错了……

唐志坚： 怎么了，阿正？

阿正掏出了手机，把他偷拍警讯器的照片递给唐志坚。

唐志坚失望至极。

○ 内　警署警督办公室　日

唐志坚敲门，进入。

警督：阿坚，腿怎么样了？

唐志坚：腿没问题。

警督看唐志坚情绪不佳：阿坚，发生了什么事？

唐志坚：sir，我，呃……

唐志坚把警讯器、警徽摆在桌上。警督意识到问题严重。

警督：发生了什么事？

唐志坚：我儿子阿正，把我的警讯器里的消息泄露出去，我想，我和阿正可能成了"内鬼"，我现在请求处罚。

警督盯着唐志坚，一言不发。

这时，警督电话响起，警督示意稍等，接听了电话。

警督：现在吗？……好，我马上过去。

警督起身，颇严肃地对唐志坚低声说：先跟我来。

○ 内　警署网络安全部　日

警督、唐志坚走进网络安全部，与该部门总监秘密开会。

总监：sir，这是我们从警署服务器中提取的近三个月的信息出入记录，你看——

总监把划满红线的IP清单递给警督。

警督：能锁定对应的地址吗？

总监：就在我们总部大厦……

警督：哦？

总监：……而且，就在现在，仍在活动中。

警督：走，我们去看看。

○　内　电梯　接上

警督、总监、唐志坚及警员走进电梯，23层计算机系统部。

○　内　警署总部　接上

众人直奔系统分析程序编制主任办公室。

（普通职员视角，隔着玻璃）警督大怒，总监拔掉此人的电脑网线，唐志坚将其拷走。

○　外　警署总部外　日

四台无人机同时起飞，分别飞向警署大楼的四面。

○　内　警署情资科　日

警督亲自监督，无人机的搜索界面在四块大屏幕上同步直播。

警员：报告，侦测到未备案无线频段。

警督：报告具体位置。

警员：跑马地成和道89号。

警督示意展开行动。

○　外/内　成和道某大厦　日

特警小队行动迅速，从电梯、楼梯迅速攻向目标。特警撞门进入。

室内五人，带着耳机的五个人，围绕着一台无线电收发器、功率放大器等电讯设备，匆忙地收发消息。

警员出示搜查证：你们涉嫌违反协助暴动罪和电讯条例……

特警将设备没收、涉案人员悉数落网。

○ 内　警署情资科　日

众人鼓掌庆贺打掉内鬼和非法电台。唐志坚却笑得僵硬。警督离开，示意唐志坚出来。

○ 外　警署露台　日

警督与唐志坚在露台。

警督递上警徽，唐志坚愣住了，刚要双手接过……

警督：第一条，阿坚，警队条例明确规定，警讯器属保密设备，你保管不当。

唐志坚：是，阿sir，我确实违规。

警督：第二条，作为父亲，你对儿子管教失当，虽然这不属于警队纪律，但却会严重影响到警员安危。

唐志坚低下了头：sir，我，我承认错误，愿意接受惩罚。

警督：收好！

警督把警徽还给了唐志坚，唐不解。

警督：情资部门已经掌握可靠证据，内鬼和非法电台也都查到了，这几起袭警案件，与阿正无关。

唐志坚激动得说不出话。

警督（笑）：虽然是轻伤（拍拍阿坚受伤的腿），但你也是受害者。至于阿正，他不是个坏孩子，但是，你看看那些上街示威，甚至搞暴力破坏的年轻人，我相信他们都不是恶人，但为什么走到今天这种地步？是不是和我们做家长的不懂沟通，不会管教有关？你可决不能用警察对付坏人的办法对待孩子！

唐志坚惭愧： 阿sir，谢谢你！我会认真反思的。

警督： 我们都要引以为戒啊。

唐志坚敬礼： 是！阿sir！

○ 外　街上　夜

示威活动仍旧不断，沿街商店、道路被破坏，一片狼藉。

○ 外　阿正家　夜

陈虹秀、阿正和父亲在家，三人围坐观看阿正拍摄的视频。

陈虹秀： 不同人的视角，看待同一个事件，会得出不同的结论。我相信所有人都反对暴力，但不是在现场的所有人都能看到真相。你看这里……

陈虹秀指着阿正拍摄的一段视频：视频中警察被暴徒从背后袭击，踉跄几步，反身抓捕暴徒，将其按在地上。

陈虹秀： 阿正也在现场，他记录了全部，但如果有人把视频截取一小段，断章取义，结论完全不一样。

陈虹秀点开另一个视频： 警察追击黑衣人，将其按在地上，黑衣人痛哭流涕。

陈虹秀： 这是从阿正视频中截取的一小段，再和其他视频剪辑到一起，意思完全相反，警察显然成了黑警！

唐志坚气得锤桌子。阿正抱头无语。

陈虹秀： 阿坚，警队需要客观真实的记录，市民更需要真相。我希望阿正能和我们一起做事，为香港警察正名！

阿正（充满希望地看着父亲）： 爸，我愿意！

唐志坚则陷入痛苦的纠结中。

阿正：爸，我完全没问题。以前的我很迷茫，虽然有考大学的目标，好好做事的理想，可是当我们面对整个城市的危机时，才发现以前的我们太过于自私，只懂得追逐眼下的利益，计较个人得失，现在，就让我感受这座城市的蜕变吧，我有幸能参与到这个过程中，尽我一己之力，为香港，为警队做一点事！

唐志坚没想到平日只闭门看漫画的阿正，内心居然有这样的雄心和斗志。他紧紧抱住了阿正。

唐志坚：臭小子！给老爸记住，第一条，要注意安全！第二条，要好好吃饭！

阿正：老爸！

三人开怀大笑。

○ 外　某仓库营地　夜

方仲健训斥杰仔。

方仲健：为什么这几天没有警队消息？

杰仔：阿正，他，我，我联系不上他了。

方仲健：为什么？

杰仔：阿正说他不愿意当，当内奸……

方仲健（打断）：阿正发的消息，是真的，但没那么有用。他只是我的planB而已。警队这几天做掉了我们电台，挖了我们的内线，他这个备胎，或许能起到点作用。

杰仔：他，他胆子那么小，能有什么用？

方仲健阴险地笑：把他老爸的资料给我全网发布，警队该有个烈上了。

杰仔吓得一哆嗦。

○ 内　大厦办公室　夜

阿正找到郭美玲，钟翰学也在，团队中多了一个外国人。

郭美玲： 阿正，有几天没来了！你没事吧？

阿正： 学姐，我想问你件事。

郭美玲塞给阿正一杯饮品。

阿正： 学姐，这条视频是不是你们剪辑的？

阿正打开前一晚在家看的视频。

郭美玲只扫一眼： 喏，阿囡整理、剪辑，怎么样，我打算让她跟你搭档。你俩挺配的哦！

阿正： 为什么不经过我的同意就篡改？

郭美玲仍旧笑： 哦哟，我们阿正的版权意识好强，姐姐喜欢！视频发布得有点着急，下次姐姐让阿囡提前告诉你哦。好啦，你先做事，我也得去忙啦！

阿正拉住郭美玲： 学姐，我要退出。

郭美玲： 别闹了，阿正，咱们人手奇缺！

阿正： 我没开玩笑，我不认同这样污蔑警察，污蔑任何人。我们难道不应该反映真相吗？

阿正越说越大声，引得钟翰学和外国人纷纷看向这里。

郭美玲强颜欢笑把阿正拉倒僻静处，突然变了脸。

郭美玲： 阿正，别不识抬举！你要是愿意站在黑警那边，就是跟我们，跟所有学生动源的人为敌！

阿正气愤地扭头就走。

○ 外　阿正家楼下　夜

阿正回家，在小区门口，被黑衣人一把拉到墙角，定睛一看，是杰仔。

阿正： 杰仔，你有病啊，吓死我了！

杰仔： 阿正，我的电话你不接，信息不回，留言不理！你要死啊！

阿正： 我，我不能再给你发警讯消息了。

杰仔： 健哥说，你要是不发警队消息，就，就要全网公布你爸的资料。

阿正：啊！

○ 内　阿正家　夜

唐志坚又给儿子准备了一桌饭菜。阿正看着父亲忙里忙外，心中始终被方仲健的恐吓所烦，闷头钻进屋里。

○ 内　阿正卧室　夜

阿正翻来覆去睡不着。

○ 内　阿正家　夜

突然有人敲门，声音又大又急。阿正跑去开门，方仲健、杰仔和一群黑衣人冲进屋里，直奔唐志坚的卧室。阿正挡在卧室门口，方仲健扯住阿正衣服，一把推开，众人踢开门，挥刀冲向熟睡的唐志坚！

一场噩梦！

阿正腾地坐起，赶快去看父亲，唐志坚已经熟睡，看着父亲憔悴的样子，阿正满心愧疚。

○ 外/内　仓库　夜

阿正来到一处废弃仓库。杰仔跑来接他，前前后后仔细察看。

杰仔：你一个人吧。

阿正：带了一队警察，马上就来了。

杰仔：别吓我，健哥其实不同意让你来，是我顶着压力给你说好话，他才答应见你一面，只允许你一个人来。

阿正：他不是什么都不怕么。

杰仔：一会儿可别这么说话。跟我来。

二人走到仓库里面。仓库中厅训练场宽大平整，适合多人训练。仓库一侧两层房间，二层通道敞开正对着训练场，方仲健便站在上面向众人喊话，颇有希特勒的既视感。

方仲健：……你知道警察用什么词称呼你吗？

被问到的人茫然地摇头。

方仲健：蟑螂！你就是一只臭蟑螂！

被骂的人瞪大眼睛，握紧拳头。

方仲健：你是蟑螂吗？

回答：不是！

方仲健：谁是蟑螂？

回答：警察！

方仲健看到阿正进来，仍然怒气未消，盯着阿正，向大家提问。

方仲健：遇到蟑螂警察，该怎么办？

回答：踩死它，把蟑螂一家连窝端！

方仲健满意地笑了，眼睛始终没有离开阿正。

○　内　仓库二楼会议室　接上

杰仔带着阿正来到会议室，方仲健早已在等候。阿正看到会议室桌上摆着不少还未收拾的一次性水杯，看来是开完会。硕大的白板上画了一幅平面图，用圆圈和叉标出了很多地点。方仲健意识到了什么，赶快把白板转到反面，两个硕大的繁体字露了出来：揽炒。

方仲健奸笑：阿正，你知道这两个字什么意思嘛？

阿正摇头。

方仲健在"揽炒"俩字下面，写了三个数字700。

方仲健： 揽炒的意思就是，押上香港700万人的生活，也要干到底。

阿正： 你凭什么要拿别人的生活做赌注？

方仲健： 生活？哈哈哈，住在鸽子笼里也叫生活？朝不保夕也叫生活？为苟延残喘的日子不值得。

阿正： 那也轮不到你给我们做决定。每个人都是选择的自由，你要揽炒，是剥夺人们的自由。

方仲健： 我是给予他们重新选择的机会，这是洗牌，是从废墟中重新建立帝国……

阿正： 有没有想过揽炒失败怎么办？

方仲健： 怎么办？你觉得我们还有什么可输的吗？

阿正沉默不语。

方仲健（反问）： 你，参加吗？

阿正： 我不参加。

杰仔彻底泄了气。方仲健脸色变得极难看。

方仲健： 好，有种！你，你的老爸，以及整个警队，现在都是我们的敌人了，祝你们好运。

杰仔给阿正使眼色，示意赶紧离开。

阿正快步离开，出仓库后，阿正打了一辆的士，手指不住地抖，好不容易才从衣服领口处卸下摄像头。

○ 新闻直播

主持人： 以下是来自热心市民拍摄的视频，本港示威活动已经变质，其中混杂了黑暴和港独分子，他们采取极端暴力行为，要让警队付出血的教训，要"揽炒"香港，这种玉石俱焚的做法，必须坚决制止。

视频播出： 方仲健对阿正说的关于揽炒香港的话。

香港警方发言人： 据初步调查，"揽炒"不仅是一个口号，更是一个组织……

○ 内　警署记者会　接上

发言人：……而且，大家注意看，我们从视频中找到这些黑暴的下一个攻击目标，就是

——

港警发言人把阿正拍下的白板镜头用慢镜头播放：方仲健白板上画的平面图，正是香港的立法会！

发言人：黑暴分子把黑手伸向了香港立法会，警队正在制定预案，我们呼吁香港各界和市民，要敢对黑暴分子说不！

○ 内　仓库　夜

方仲健咬牙切齿：妈的，竟然偷拍！杰仔！你给我制造了多大的麻烦！

杰仔盯着新闻，战战兢兢。

方仲健：马上把唐志坚的身份证、电话、住址、银行卡统统给我发到网上，让这种黑警在香港活不下去！

杰仔：健哥，你确定吗？

正在气头上的方仲健拿起酒瓶狠狠地砸向杰仔。

○ 内　阿正家　夜

阿正突然收到杰仔发来的消息只有五个字：对不起，阿正！

接着，手机里铺天盖地的群组消息和新闻推送，全部都是关于警员唐志坚的私人信息，伴随着最恶毒的咒骂。

郭美玲、钟翰学等人均给阿正发了私信。

郭美玲：阿正，shame on you！

钟翰学：黑警的儿子天生黑！

……

手机震动个不停，阿正闭上眼，默默关机。

○ 外　街头　日

示威现场。一伙暴徒冲向维护治安的警察，唐志坚身在前线，众警员骁勇善战，抵挡住了黑暴份子的冲击，躲过抓捕的方仲健，看到了摘下头盔喝水的唐志坚。阿正和陈虹秀也在现场，二人举着手机，记录现场的真实情况。

○ 接上

突然从街巷两边同时冲进来两拨暴徒，把唐志坚小组冲散，两名警员被手持棍棒、铁枝的暴徒围攻，这时有人突放冷箭，其中一名警员中箭，倒地不支。另一个警察赶忙上前扶起，实施救援。暴徒们看到两个警察陷入窘境，马上展开攻击。

方仲健亲自上阵，他让一人从后面抱住一个警察，自己则趁机将其头盔拆下来，这人正是唐志坚，原来方仲健早有预谋。

不远处阿正看到了自己的父亲被围攻，原来在家里和蔼可亲的父亲，穿上警服时，却变得如此高大、勇敢，但接下来的却是惨烈。方仲健伙同暴徒四面八方攻击唐志坚。

唐志坚呼叫同事，但发现对讲机被夺，一侧冲来一个手举燃烧瓶的暴徒，朝唐志坚扔来，唐躲避开，却被棍棒打到腿部老伤，站也站不稳。更危险的是，已经倒地的同事，装备早已被扒光，不远处另一个手持燃烧瓶的暴徒，冲向倒地的警察。唐志坚奋力扑倒暴徒，把燃烧瓶塞到了垃圾桶里。救了同事，却被凶狠的暴徒按在地上打。

阿正不顾危险，冲进了现场，他举着手机，拍摄了这一幕，但他无法忍受旁观父亲被打，阿正挡在了父亲和暴徒之间，试图劝离暴徒。

唐志坚：阿正！

阿正（哭腔）：爸，快起来！快！

唐志坚：你快走，这儿不是你来的地方！

阿正：不，我不能就这么看着你被他们打。

就在这时，阿正手里的手机被暴徒打掉。

暴徒：你站黑警是吧！打死他！

阿正被一脚踹倒，暴徒们蜂拥而上。

唐志坚：阿正！

呼！呼！呼！

三声枪响震彻天空，时间仿佛凝固。唐志坚朝天鸣枪，暴徒纷纷退避。

阿正鼻子被打得流血，抱头蜷缩倒在地上。

穷凶极恶的暴徒不知哪来的胆量，仍然围着唐志坚。唐用枪指着那些试图戕害儿子的暴徒，像一只被鬣狗围攻的狮子。

不远处，警笛大作，援军赶来。

暴徒们寻找最后攻击唐志坚的机会，突然，一颗钢珠打到唐志坚的脑袋上，顿时鲜血汩汩外流，唐倒地一动不动。

阿正：爸！

警队战友迅速驱散暴徒，把三人抬上担架。

○ 内　医院　日（蒙太奇）

阿正和唐志坚同时被送到医院。恍惚中，阿正仿佛看到父亲的微笑。

阿正头上缠着绷带，摇摇晃晃地在病房中寻找父亲。

阿正看谁都像自己父亲，可谁都不是，遍寻不着。

护士把阿正扶回病床，他昏昏沉沉地睡去。

○ 内　医院　日

阿正悠悠地醒来，嘴巴、牙齿钻心地疼。陈虹秀进病房。

陈虹秀：阿正！醒啦！

阿正：陈阿姨。

陈虹秀：哎，别动，喝点水！

阿正：我爸他……

陈虹秀：正在手术，我觉得问题不大。

但陈虹秀说这话的时候，神情黯然，她为了让阿正安心。

阿正哭了起来。

陈虹秀：阿正，你父亲一定会没事的。你别想太多。全香港人民都在支持你们，你看！

陈虹秀打开了电视——

○ 电视节目

首先播出了一段阿正在现场拍摄的影像，黑暴凶神恶煞地丑态，全都捕捉了下来。接着，是现场新闻——

香港市民拉出横幅：拒绝揽炒，齐救香港——社会各界反暴力、救香港大集会。不少市民出镜，痛斥黑暴，声援港警，众人高喊"撑警察！救香港！"

还有不少市民表达对唐志坚的关心，高呼"加油，唐sir！一定要撑住！"

阿正热泪盈眶。

○ 内　警署　日

警督部署抓捕任务。在他身后的战术板上，贴满了犯罪嫌疑人的照片。方仲健、杰仔等人赫然在列。

○ 内　某住宅单元　夜

方仲健和杰仔被抓。警察当场搜查出钢弹枪、弓箭、硫酸等攻击性武器和危险物品。

○ 内　医院手术室外　日

阿正、陈虹秀焦急地等待手术完毕。

警督也匆忙赶来看望唐志坚。

热心的市民也赶来看望唐志坚。

手术灯灭。

主刀医师出现，众人围拢。

主刀医师向众人比出OK手势！

所有人都松了一口气！阿正紧紧抱着陈虹秀。

三个月后

（音乐起）

○ 内　阿正家　日

阳光明媚的清晨到来。

阿正扶着父亲，从卧室走到餐厅，陈虹秀，端着一碗汤，给唐志坚喝。三人相视一笑。阿正给父亲拿出了一本红色封面的大学录取通知书，金色的校名格外醒目：北京大学。

○　内　市场　日

阿正买菜买肉，店家纷纷向他竖起大拇指。阿正回以微笑。

○　外　社区　日

阿正陪父亲在社区里散步，二人看到张挂出硕大的红底黄字的标语：庆贺国安立法。

○　内　阿正家　日

唐志坚痊愈，又穿起了警服，庄严肃穆、伟岸刚正。
阿正则给父亲戴上了口罩（疫情）。

○　内/外　大厦办公室　日/夜

唐志坚和同事们日夜奋战，抓捕郭美玲、梁琦、钟翰学等港独分子以及祸乱香港的外国人。

○　外　香港夜景　夜

安宁的香港，夜空中，一枚绚烂的礼花弹绽放……

字幕

法治是香港核心价值。
香港警察是维护法治最主要的力量。
法治精神需要全体港人守护。
暴力只会污染香港。

全片完

都市俗谣 03

　　本故事由《叨叨》《假面》《鬼使神差》《猎杀online》《遗失的袋子》《每日腥闻》六个既相关联又相对独立的篇章组成。每篇围绕一个日常话题，如中年夫妻日渐冷漠的感情、虚伪的塑料姐妹情，以及庸俗、低俗、媚俗的新闻报道等。

"宝宝睡，乖乖睡，窗外天已黑……"

漆黑的客厅，唯有电视屏幕发出微弱的光。沙发上坐着一个人，正对着电视，低声轻轻哼唱摇篮曲……

镜头推至电视的画面——切字幕

叨 叨

切

"各位听众晚上好！欢迎收听整点新闻，我是……"男人伸手关掉广播，点开车载音乐，轻柔的乐音徐徐缭绕。这种时候听那些无聊的报导，只会使人烦上加烦罢了。男人心想。

他深深叹了口气。下班高峰时段，是考验人们的意志力与耐性的时刻。路上车水马龙，汽车与自行车有如出蜂群，密密覆盖满整座城市的街道。无论大街或小巷，处处拥挤不堪。白晃晃的车灯像是无数只窥探的眼睛，笔直注视着前方。

塞在车阵中动弹不得的男人，听着此起彼落的喇叭声，心底涌起无限厌烦。趁着等红灯的空档，他拉起手刹，借机舒展僵直发麻的双腿；随手点燃根烟，明亮的火光一瞬照出他眼底的漆黑，片刻又隐去。

真是的，他想，从前的车才不像现在这样多；以前大家都穷，有车的人家稀罕得快比得上大学生了。哪里像现在，大学生跟车似的满街到处乱窜！也该怪那些父母太溺爱孩子，孩子吵着要什么，想着自己有能力、再苦不能苦孩子，——对孩子有求必应——他绝不做这样的父母！

叹了口气，烟雾萦绕。他想起最近老大刚拿到驾照，回米吵着要买车——却不想想现在经济多差、汽油多贵、养车多麻烦！连停哪都成问题！更何况他还没找到工作！

买个屁！反正他是铁了心不给他买车的。老大还妄想他的穷爹跟广告里的父亲一样笑着说："喜欢吗？老爹买给你！"那绝对不可能！

他又吸了口烟，发现前方信号灯变了，连忙将烟蒂捻熄，放下手刹，后方却已传来急促的喇叭声。

"嘀嘀个屁啊！一点耐性都没有！"他啐了声，轻踩油门，车子平稳地往前行进。他又忍不住走起神来……

那天为了买车的事吵完后，老大怒气冲冲地说要自己打工存钱买——真是可笑！怎么不把钱拿来缴学费？一天到晚只会伸手跟家里要钱，一下要联谊聚餐、一下又是同学生日……反正名目五花八门、非去不可的理由千百种；却从没想过那些钱是从哪来的！真把他爸当印钞机啊？所以当初还是该让他办学贷的，都怪他妈说啥"不要让孩子一出社会就负债……"负债算什么？有压力才有动力！不然我们是怎么一边工作一边养孩子，最后还把车贷房贷都还清的？

"嘀！"刺耳的喇叭声又响起，他瞥了眼后视镜，发现后面有辆车想从行车道切入快车道，不过没人愿意给他腾道。那是当然，像这种不守规矩乱插队的人，就该受点教训。如果这时刚好又来了救护车，那才叫精彩……想起近日炒得正热的新闻，他不禁嘴角上扬。

又是红灯，红灯总是特别多。他颇有兴致地从后视镜里观察起那车：就像只误陷机车丛林的异类，处境尴尬又孤独。他忽然想起从前读给孩子听的《格列佛游记》……误闯小人国的主人翁，面对周遭黑压压大军来袭时，明明弄死他们就像踩死只蚂蚁一样简单，但即便拥有压倒性的力量，却碍于道德良知而无处施展……

当他回过神来的时候，却见那辆插队的车不知何时已消失了。想必是钻进车阵中了吧？这社会总不乏善良人士纵容非法，借此填补空洞的虚荣心。

"嘀嘀！"左侧有公交车欲切进，示意他礼让。男人皱了皱眉，不太想让。开车至今，他看不顺眼的，除了公认的出租车以外，就是公交车、砂石车、水泥车还有垃圾车了！凭借巨大的车身，不怕剐蹭的野蛮劲儿，动不动就超车、换道，造成死亡事故的也是这类车居多，根本是路上的不定时炸弹！

但听着喇叭催魂似的尖叫，车头越靠越近，眼看再不踩刹车很有可能发生擦撞，他于是心不甘、情不愿地放慢车速。

"爱嘀是不是？待会看谁的更会嘀嘀嘀！"他紧盯着前方艳红如血的车尾

灯，他使劲按下喇叭……

"嘀——"

几乎在他按下喇叭的同时，挡风玻璃前方忽然出现一阵剧烈抖动，紧接着那辆公交车就有如马桶里的水流般，随着漩涡卷入、抽干，凭空消失在眼前，前方瞬间空出一台车的位置。

"怎么回事？什么情况！在拍电影吗！！"男人吓得猛踩刹车，随即揉揉双眼，无法相信眼前发生的怪事，直到后方传来一长串的喇叭声，他才猛然惊醒般地驶动车子。

他的车速极慢，搞得后面的车子纷纷从他旁边超车，还伴随着恶狠狠的目光。男人紧握着方向盘的手兀自微微颤抖，虽然车内开着空调，冰冷的汗水仍不断从额前滑落，沾湿了衬衫领口……他脸色铁青地想着刚刚发生的事。

许是我眼花了？工作太累了难免眼睛疲劳、出现幻觉；但也搞不好那台车是最新推出的隐形公交车……不不，现在不是想这些有的没的的时候，回家看看新闻再说！怎么可能按个喇叭就像冲马桶一样把车给卷走的！太离谱了吧，一定是堵车把我搞晕乎了。

男人心烦意乱地到了家，四个孩子打工的打工、补习的补习，不然就是窝在房间里打游戏。老婆看到他回来竟一脸惊奇，"哎？今天回来这么早？我没煮你的饭啊，要不吃碗面吧？"男人心不在焉地点点头。

胡乱吸溜完面条后，男人就坐在沙发上紧盯着电视不放，手里的手机新闻刷个不停。直到新闻循环到第三遍，实在看不下去的老婆抢过他手里的遥控器，转了台——他死瞪着屏幕，嘴里喃喃地说，"怎么每个演员都顶着同一张脸？对白既生硬又老套、毫无情绪可言，根本像是一群机器人在说话……"他只觉得整个人仍像陷在恶梦中醒不过来一样。

手机响了。他看着来电显示上的名字，不经意间皱了皱眉，将来电挂掉。但随即电话又响起，他再次挂掉。

"怎么不接？"老婆问。

面对老婆狐疑的询问，他显得很不耐烦，"诈骗电话有什么好接的，烦都烦死了。"

"对啊，诈骗集团最可恶了！学生、老人统统不放过，现在都骗到我们头上了？……嗯？不知道咱们孩子会不会被骗……上次老二说要去做什么'哄睡师'，是去哄婴儿睡觉吗？那孩子的妈是干什么的啊！我看就是闲的，我带大四个孩子，什么时候需要哄睡啊，一沾枕头就困，花那钱干什么……所以说嘛，现在的人真是闲……"

对于老婆的碎碎念他早已练就听而不闻的功力，耳朵自动过滤杂音，顺手偷偷将手机转成静音。趁老婆沉迷在甜宠剧里，他悄悄溜到卫生间。

铃声响了很久才被接起来，一阵甜腻的女声传来，"舍得打给人家啦？嗯，怎么今天不用陪老婆孩子吃饭？"

"没有啦，我不是说我今天比较忙嘛，宝宝还好吗？"他压低声音问。

"怎么能不好？有吃有睡有玩，还不忘制造麻烦，整天乐得很呢！嗯，你怎么不问人家好不好？就只关心宝宝！"撒娇的发嗲声透过话筒传来，在密闭室内久久散不去。

他无奈地放缓语气，顺着她，"那你好不好呢？有没有想我啊？"

"一点都不好啦！你都不过来陪人家！呜呜……"

听见略微哽咽的啜泣，他有些心慌，整个人都乱了分寸，"没办法我在忙嘛，好啦，乖，明天带你和宝宝去买衣服哦。"

对面的声音霎时清亮起来，"真的呀！就知道亲爱的最好了！那人家要——"

"老公！你在厕所待这么久？便秘吗？快快，我着急上！"急促的敲门声伴随超大分贝的问话透过门板传来。

他急忙捂住话筒回答，"快了！"马上又压低声音，温柔地，"宝贝，我先忙咯，晚点再聊！拜！"挂断前还不忘"啵"一口。

"你是掉马桶里了？我憋出个好歹你照顾我啊？"

整个晚上男人就在老婆不断的碎碎念攻击下度过，回家前发生的怪事老早就被他抛到脑后。

他一手抱着宝宝、一手提着包包，脚边堆满大大小小的纸袋，伫立在更衣室外，看着镜中倒映出一名西装微皱、满脸疲惫的中年男子身影，他甚至感觉到了油腻，"嗯，差不多该叫老婆帮着染头发了。"

"咔"一声，更衣室的门开了。他连忙换上笑容，看着打扮时尚亮丽的少女轻盈走出，朝他露出灿烂笑靥。

少女身穿新洋装在他面前转了个圈，单薄的衣料透着光，掩不住身形曼妙，"这件好看吗？"少女笑着问。

"好看、好看。"他连连点头，"你穿什么都好看！"

"亲爱的好讨厌，你这样说人家会害羞啦……"少女咯咯笑，笑声清脆似铃。

她对着镜子照了又照，一下拨拨头发、一下拉拉裙摆，似着迷于镜中的自己，许久后才转身勾起男人的手撒娇。

"人家换衣服换累了。口好渴、脚也好酸哟！"少女微微嘟嘴，表情娇俏。

"直接穿走吧！"男人傻傻点着头，浑身毛孔让嗲声细语哄得发酥，全然忘记几分钟前少女说的"只是试穿看看，不一定要买"之类的话。但她每次都这么说，试穿的衣服鲜少愿意脱下来。

少女兴奋地欢呼了声，扑到他怀里环住他脖颈，踮起脚尖在他疲惫的脸颊上印了一记香吻。男人怀里的宝宝受到惊吓，发出细弱的"呜呜"声。

少女连忙拍拍宝宝的头哄慰，"乖喔，不哭不哭……吓到了是不是？"她忙抱起宝宝，让男人去柜台结账。

吃过饭后，男人开车载少女回去。

"你今天怎么这么早下班？是太想人家了吗？"宝宝乖巧的蜷缩在少女怀里，黑汪汪的大眼骨碌碌凝视着他们。

握着方向盘的手一僵，男人若无其事地说："哦，我找到一条不塞车的路。"

"真的呀！那你以后会早点来陪人家和宝宝咯？"

"嗯，没意外的话。"

少女注视着车窗上投射出的倒影，一下像想到什么似地惊呼："呀，差点忘了，人家从明天起要去毕业旅行，四天三夜哦，宝宝今晚开始要寄放在你那里！"

"你说什么？！"男人惊吓地急踩刹车，顿时后方响起尖锐的喇叭声，他连忙打方向灯将车停靠到路边。

少女委屈地瘪嘴，"没办法啊，同学都要去，没地方可以寄养……"

"怎么这么突然，你也不早点说！要不放你家里……"男人烦躁地点了根烟，神情焦灼。

"绝对不行！"少女打断他的话，紧紧抱住宝宝，神色紧张，"万一他们问宝宝怎么来的，我要怎么解释？总之绝对不可以！"

"你不可以我就可以吗？也不为我想想，我怎么跟家里人讲？"男人狠狠锤了一下方向盘，喇叭发出长长的声响，突然前方停靠在路边的整排车瞬间消失，但忙于吵架中的两人却都没有注意到。

"宝宝是因为你才有的！总之我不管！你要负责！"少女委屈地快哭了。

"当初还不是你吵着要！"男人咆哮。

"人家不管啦！反正你要带宝宝回去就是了！"

少女扔下话后，拎着包包纸袋气冲冲下了车，招手拦了辆出租车便头也不回地扬长而去。留下傻眼的男人与宝宝大眼瞪小眼、面面相觑。

男人无奈地掩面，深深地叹了一口长气。

"现在的年轻人啊……这么不靠谱的吗？……拍拍屁股走了倒是轻松，眼不见为净，啥也不用管，反正自然有人会处理……不然就是父母出面帮忙擦屁股、收拾烂摊子……唉！这样真的行吗？"他自言自语地驶动车子，开往回家的路上。

"你今天吃错药了？好好的不在家吃饭，突然说要出去吃，你知不知道外面的东西很贵！黑心食品很多，菜又油又咸又不健康，还不知道里面偷掺了什么……上次新闻报导……"

男人眼神发直地盯着前方路况，脑袋空空如也；似乎想了很多，也或许根本什么都没想。车内的杂音似蚊蝇、又似跳针的广播，绕着耳朵不停嗡嗡鸣叫，挥之不去，使人心烦。

"……喂！喂！我在跟你说话你有没有听到？！"

男人一惊，转头看向老婆，却见她抓着宝宝脖子，表情嫌恶。

"我问你这狗哪来的！昨晚一声不吭就捡了回来，该不是流浪狗吧！你明明知道家里人都对动物过敏你还……哈啾！它身上不会有虱子跳蚤什么的吧？万一把狂犬病传染给我们怎么办？现在不是流行禽流感、口蹄疫什么的吗？不然就是疯牛病、登革热啥的……这狗搞不好也会……啊！我怎么突然觉得身上好痒、嘴巴好干……哈啾！该不会被传染了吧！啊啊！万一它等下尿在我身上怎么办？出来吃饭为啥还要带狗？我看你待会开到路边把它扔了算了，现在不是都说要放生动物吗？运气好的话说，说不定会有比你更好心的傻帽带它回家……喂，你说话啊！"

男人平静地按了一下喇叭，语气淡然地回答，"它叫宝宝，很乖不会咬人，而且都有按时打预防针，绝对不会有虱子跳蚤或者皮肤病、狂犬病……你说的那些有的没的病也轮不到它。你觉得痒是心理作用、嘴巴干是因为你讲太多话！还有，我昨天不是跟你解释过？我同事出差，托我照顾它几天。你不要一直掐它脖子，狗急了也会咬人，我跟你讲。"

老婆尖叫一声连忙把狗扔到他身上，他低头看着宝宝可怜又无辜的眼神，轻轻拍了拍它的背。

"你不是说它不会咬人吗？还有那个同事是谁，我怎么从没听你提过？哪有这种不负责任的主人，莫名其妙把宠物丢给别人照顾，自己跑去玩的！你有没有跟你同事收保姆费？狗粮给你了吗？它昨天乱尿尿还是我擦的地！还有……"

他再度进入放空状态，手里时不时的单击喇叭，喇叭声伴随着车内模糊不清、碎碎叨叨的人声，隐隐形成有节奏的RAP旋律。

"喔咿喔咿——"刺耳鸣笛声越来越近，他连忙打起方向灯避到内侧车道。白色的救护车闪着炫目红灯，从他们车旁疾速驶过。

没多久，前方路口突然响起巨大的碰撞声，紧接着是轮胎刮擦地面发出的紧急刹车声——

他反射性地放慢车速，从车祸现场经过时，才发现刚刚那台救护车右侧车身凹陷，斜杠在路中间，后面一辆出租车的引擎盖上，躺着一个戴头盔的人……出租车前挡风玻璃上碎成了蜘蛛网……不远处，摩托车车体散落一地，暗红的鲜血溅满救护车雪白的车身，可见撞击力道之大……看情况应该不太乐观。

土黄、纯白和四处喷溅的殷殷绛朱——这种车祸的撞色格外使人触目惊心。

老婆饶有兴致地从车窗往外看，不忘现场直播——

"哇赛！好像是很严重啊！看现场应该是出租车撞救护车，然后摩托车手弹飞摔到救护车后面，再落到出租车车盖上……司机小哥哥可真够倒霉……不知道是谁的错……哇！血流成河，那人一动也不动，肯定不行了……呸呸呸！有嘴无心，见谅见谅。哎！你说咱们要不要打110报警，不，应该先打120叫救护车……可是救护车就在这啊！难道要再叫一辆救护车来救救护车吗……"

"行了，不要多管闲事，他们自己会处理。"他语气冷漠，怀里的宝宝不安地动了动。

老婆应了一声，闭上嘴巴，表情悻然。她掏出手机玩，可安静不到一分钟。

"你看你看，现在这新闻写的……要我说，这些编辑就是没有一点职业道德，标题写得跟科幻恐怖小说似的，说都市惊现百慕大，车跟人都被异时空吸走；又说量子黑洞里，外星人抓人类去平行宇宙里做人体实验了……真是的，光看标题就闹心……"

"闹心就别看了，闹心会传染！"

随着老婆的语调扬抑顿挫，男人手里的喇叭按得更欢了。时快时缓、忽急忽慢，有时一连按了两三下、或者一长声；额头的青筋也随着节拍敲出轻快鼓点，在皮肤底层一跳一跳蹦哒着。

"……你不要一直乱按喇叭行吗，路怒症很没素质的表现你知不知道？有人就是因为乱按喇叭结果赔了命，新闻在报你有没有在看，不要只关心国家大事，身边小事也要看，整天拿个手机不知道干什么用，话说刚刚那辆摩托车好像跟老大骑的是同一款哦，我看你还是让他买车好了，骑摩托多危险啊，万一出车祸怎么办，到时保险赔不够，和解谈不拢，还要上法院，请律师又要花冤枉钱，万一人家对方有门路……"

"吱——"车子急停在了路边。

老婆惊魂未定地拍拍胸脯，怒瞪着男人，厉声骂道，"你干嘛突然紧急刹车？很危险啊！要不是我系了安全带搞不好就飞出去了……你该不会是想谋杀我诈领保险金吧？我告诉你……"

"到了。"他转头挤出一丝微笑，"你先下车，我去找地方停车。"

"这么快就到了？这地方怎么这么偏僻，哪有饭店……"老婆狐疑地下了车，嘴里仍念念叨叨、抱怨没完。

他扬起灿烂笑容注视着老婆，顷刻倒车，白亮亮的车灯打在老婆身上，刺得她眯起眼。

"你干什么开远光啊，闪瞎我了！"

"嘀——"

清亮的喇叭声响起，周遭顿时清静了。

男人没有熄火，拉起手刹，开门下车，把宝宝留在座位上。他缓步走到老婆消失的地方，查探有没有留下任何可疑迹象。但柏油路面只残留着彷佛刚下过雨后的湿痕，其余什么也没有。

他得意而疯狂的大笑起来——

"爱叨叨是不是？叨叨个没完是不是！现在看你怎么叨！你这张破嘴每时每刻，整天整月、整整二十二年都没停过！我当初到底是哪根神经搭错才娶了你？好几次我都想趁睡觉时把你给活活掐死、勒死，免得你连说梦话都叨我……但那是谋杀，你以为我会那么笨吗？哈哈！苍天有眼啊，感谢苍天同情我、可怜我，才让我有了这神奇的喇叭……嘀一声，任何烦心讨厌的东西，只要轻轻松松地嘀一声，瞬间清理不留丝毫痕迹。这才叫蒸发，真正的不留痕迹，蒸发了，凭空消失了！哈哈！"

直到笑累了，男人弯腰擦擦眼角笑出的泪。垂下头，他感性而深沉地说：

"孩子他们我会照顾好的,你就安心去吧。"

当他直起身时,发现驾驶座上,宝宝正将两只前脚放在方向盘中间,彷佛在模仿他开车般,边吐着舌头边奶声奶气地冲着他"汪汪"叫了两声。

他急忙大喊:"宝宝不可以!快下去!"随即往车的方向冲。

但宝宝见到他过来显得更兴奋了,尾巴拼命摇个不停、简直像快要摇断似的,身体拼命朝前倾——

他发出悲鸣:"不要——"

"嘀——"

"汪……呜?"

只有车上的行车记录器独自散发幽幽白光,忠实纪录下一切……

镜头推至行车记录仪的画面——切字幕

假　面

切

客厅里的电视开着,美丽的女主播正在播报新闻。

"咚咚咚咚……"一连串仓促的步伐踏过钢木阶梯,似猫咪溜过钢琴琴键,发出不成调的悦耳单音。少女一身绿衣黑裙,背着书包急匆匆穿过客厅。

"妈!我去补习哦,下课后要和同学去逛夜市,晚点回来。"

母亲从沙发后探头,唤住她交待,"那你回来记得顺便去接妹妹!等一下我和你爸要出去吃饭,可能很晚才会回来。也真是的,就说在家吃就好,他就是讲不听。昨晚不知道从哪里带回来一……"

少女深谙母亲性格,知道再让她念下去,恐怕补习班都下课关门了,她还没念完。于是急急打断她,"啊?为什么又是我!每次都是我,怎么不叫我哥去?他骑摩托多快啊。"

"你哥他打工要到十一二点,总不能让妹妹一个人在门口发呆等着吧?现在变态色狼恋童癖萝莉控这么多……"母亲一脸忧虑。

少女再次截断母亲的唠叨,"那我弟嘞?他整天都关在房间里打游戏,不是很闲？干嘛不叫他去！"

"你弟喔，他刚刚说要去同学家写报告啦，今天不回来睡了。平常叫他写都不写啦，非要等到老师催了才肯写！这孩子，讲都讲不听……叛逆期加上拖延症！……

"听他放屁，我看一定是跟同学到网吧包夜了。"少女翻翻白眼，嘟囔着。

"你说什么？"

听着母亲的絮絮叨叨，少女受不了地仰头吐了口长气，习惯性地推推眼镜，果断转身、开门，潇洒利落地朝母亲挥了挥手，"好啦好啦！我去接她就是了。拜托你别再叨叨了，我耳朵都要被你的口水喷聋了。我走了！"

夜市里灯明如昼、人声鼎沸。来往人潮高声谈笑喧闹，不时穿插着小贩的吆喝叫卖声，以及土嗨社会摇的曲子恣意播送……铁板烧上的食物煎得滋滋作响、米粉汤锅咕噜噜冒着泡，一切都香气扑鼻，色香味声奏出完美和谐的"交响乐"。

"喂，模拟考的成绩下来了，你们考得怎么样？"绿衣黑裙的圆脸少女，推了推鼻梁上的眼镜，转头问身旁浓眉紧皱，表情苦闷的同伴。

身穿蓝白水手服的高挑少女，双手各拿一件衣服，正对着落地镜不停在身上交互比划，似乎在考虑哪件比较适合自己。听到同伴问话，娇美的脸蛋露出些许不悦，满不在乎地应道，"哎呀！试衣服的时候不要问人家烦心事啦……讨人厌！"她转身笑看另一名同伴，"喂，你说哪件比较好看？"

一旁背着两个书包，身材矮小，体态丰腴，身着蓝衣白裙的少女，本来正望着架上的美丽服饰发呆，乍听见同伴叫自己，连忙仔细观察对方。片刻后才笑着回答，"嗯，呃，我觉得都不错呀。"

"哦唷，问你等于白问。"水手服少女装可爱地嘟起嘴巴，转而问绿衣少女，"那你觉得呢？"

绿衣少女翻了个白眼，撇撇嘴冷淡地说，"看你自己喜欢哪件比较重要吧，问别人有什么用？"

"这么说也对哦，还是你聪明。"水手服少女看着镜中美丽的自己，眼神逐渐迷离，脸上泛起满意的微笑。

"你两件都买呀，不会太贵吗？你这样会不会太重？要不要我帮你拿？"蓝衣少女担忧地问水手服少女。

"人家刚领零用钱耶！"水手服少女笑靥如花，顺手将刚买的东西全数塞给蓝衣少女，"那就麻烦你哦！还是你最好了，爱你哟！"她习惯性地在蓝衣少女脸颊上亲了一下。

霎时蓝衣少女整张脸全都红了，她急忙抱紧险些掉落的袋子。但水手服少女两手空空，哼着歌，悠悠然漫步于服装店，明媚大眼左右环顾，彷佛在物色下个新猎物。

绿衣少女捡起地上掉落的袋子，"喏，还落下一个。"她将袋子放在其他袋子上头。对于蓝衣少女满怀东西、腾不出手的窘境，她选择视而不见，丝毫没有出手帮忙的意思。

"谢谢。"蓝衣女少女礼貌地向她微笑道谢，模样有些狼狈。

绿衣少女也不回答，看着前方径自昂首独行的水手服少女，她脸色阴沉，拉了拉身旁蓝衣少女的袖子，小声说，"你对她那么好干嘛？她摆明在利用你！"

"没关系呀，反正我也不能买，既然闲着就顺便帮忙。对了，你书包会不会太重呀？要不要我帮你背？"她笑容腼腆。

"不用。"绿衣少女眼神怪异，嘴角弯出嘲讽的弧度，推推眼镜问，"你为什么不能买？零花钱不够？"

蓝衣少女摇摇头，细声细气地回答："因为我爸妈不准我随便买外面的东西回家，说是细菌太多、会污染家里的空气。而且我很容易过敏……"

"ok，好吧。"绿衣少女打断她的话，圆脸上浮现某种怪异神色，"你这次模拟考多少分？"

"……456。"蓝衣少女低垂着头，脸几乎快埋进袋子堆中，隔了一会，她才嗫嚅着回答。

绿衣少女扬唇浅笑，"噢，我608。"她表情关切地问蓝衣少女，"我记得你是火箭班的啊，考这么低有点危险哦！"她语气怜悯，像安慰宠物般地伸手拍拍对方的背。

蓝衣少女的头垂得更低了，"谢谢。"她极小声地道谢。

"不客气。"绿衣少女笑着回她。这时才彷佛忽然发现般，状似关怀地问蓝衣少女："唉呀！你拿这么多东西会不会很重？需不需要我帮你拿一点……"

她话还没说完，水手服少女不知从哪冒出来，急匆匆地奔到她们面前，一手拉着一个便往某个方向冲——

"你在干嘛？"

"哎，东西、东西要掉了……"

"人家发现很有意思的小店哟！不过老板说要人多才好玩，所以特地过来找你们一起去！"

三人瞪大眼睛看着眼前充满神秘诡异气息、以黑色布帘隔开，整体造型类似蒙古包的小店。绿衣少女挑挑眉，推了推眼镜，脸上露出嘲弄的冷笑，"该不是算命的吧？告诉你，我对装神弄鬼的事没兴趣！"

"哎呀，总之你进来就知道了啦。"水手服少女探手撩开布帘，丝毫不顾蓝衣少女的挣扎，硬拉着她进入。

"里面空气不流通吧？我还是在外面等好……"蓝衣少女委婉的拒绝隐约从晃动的布帘后传出。

"哼，我是怕你们被骗！"绿衣少女气恼地说，不情不愿地跟在两人身后进入。

里头的空间没有想象中那么狭窄。蓝紫灯光从顶上的圆形灯笼透出，脚下踩着软绵绵的地毯，正中央摆了一张圆桌，周围环绕着几张长凳。四周垂落层层叠叠的黑色薄纱以及民族风的兽骨装饰，大大小小的木箱堆在角落。棚内似乎熏着香，空气中微微传来奇异的香气。

三人并排坐在古色古香的木头长凳上，面前是一张覆盖着黑布的圆桌。桌子上似乎摆了一些东西，黑布隆起成不规则的形状。

"这花痴，肯定是为了钓帅哥！"绿衣少女忿忿地想。她冷眼看着水手服少女对年轻老板卖弄风骚，一下子撅唇装可爱、一下子捂嘴咯咯发笑，整个人像只正在发情的野猫。

"老板，人家可是特地找朋友过来捧场哟！你要怎么谢谢人家？"水手服少女玩弄着制服领口上的蝴蝶结，似不经意般地解开，领口顿时松落；露出纤细锁骨。"这里面好像有点闷耶。"她脸色嫣红的抱怨，媚眼乱飞，小舌轻吐。

"不要脸！"绿衣少女心里想着，嘴里敷衍地说："有吗？我觉得还好。"

蓝衣少女轻咳了声，语气虚弱地说："我怎么觉得好冷……咳咳！"

"你会冷啊？要不要我外套借你？"绿衣少女一方面露出担忧的表情，伸手推了推旁边的水手服少女，问："你刚不是买了件新外套？借她披一下吧。"一方面却在心底腹诽道：冷个屁！我看是作妖的公主病发作了。

"可是人家都还没穿过耶。"水手服少女面露委屈，"而且你不是要借她外套吗？"

绿衣少女还没开口，蓝衣少女已轻声婉拒，"不用啦……我没关系的。"她脸色苍白地笑，心想，那种路边摊买的便宜货，万一害我过敏怎么办？本小姐跟你们这些平民可不一样，身体很娇弱的！

三人心思各异，面上却都带着虚假的微笑。此时突然传来一阵令人毛骨悚然的诡谲怪笑。

"……真是有趣……"

坐在圆桌对面，双手交握靠在腹部，一身黑衣黑裤，相貌似人偶般端正俊美的年轻老板并没有开口。他表情冷酷，凝视着她们的漆黑双眼却似含情，唇边噙着一抹坏坏的神秘笑容。

桌上的黑布不知何时已掀开，一只衣着样貌与老板如出一辙的玩偶正盘腿坐着，卷翘的睫毛似蝶翼扑扇着，红润如蔷薇花瓣的唇正一张一阖地说，"在下想和你们玩个游戏。"

少女们的惊呼声顿时响起——

"天呀，这娃娃超可爱的！有在卖吗？一只多少？多买有没有折扣啊？接不接受预定？"

"它身上温温的耶，皮肤滑嫩嫩的，感觉不像塑料……这衣服可以穿脱吗？"

"老板你的腹语术是不错啦，但是声音不能练得更好听吗？而且既然在夜市开小店，这价格能不能打下来就看你的诚意咯，咦？这是哪间公司的产品……"

少女们七嘴八舌，三人六手抓着娃娃四肢不停摆弄研究。娃娃费了一番功夫，好不容易才挣脱魔爪；它气急败坏地将被脱到一半的衣服裤子整理好，还来不及开口，又是一阵尖叫——

"天哪！它会动！电池藏在哪？"

"请问老板你接不接受花呗呢？"

"早就听说有公司研发人形AI，没想到已经商品化了……但也或许是遥控驱动？接收器在……"

"闭嘴！"娃娃大吼，俊美的脸孔早已扭曲变形，他一边拼命跳着挥手，试图引起少女们的注意，一边表情狰狞地命令："统统给我坐好！"

少女们这才不情不愿地回到位子上，嘴里嘟嘟囔囔——

"这么凶的嘛？"

"小气，问一下都不行。"

"哪有这样的服务态度，不怕我给你们点评网上爆差评吗？"

娃娃气得浑身颤抖，嘴角抽搐，半天说不出话来。这时始终没开过口的老板突然站了起来，绕过圆桌走到三个少女面前，躬身行礼，"我代替它向美丽的淑女致歉。"他笑容温和，风度翩翩，突然单膝下跪，分别向三个人行了个吻手礼。

"玩游戏吧，好吗？"他真挚而深情地凝视着对方，整个场景恍如偶像剧里浪漫的求婚一般。

于是少女们个个双颊绯红，带着晕呼呼的笑点头应允。

游戏开始。

"规则很简单：在下问你们答，答对有奖，答错惩罚。判断标准是——诚实。一旦答错游戏就结束了。"娃娃背诵般地念出规则，停顿了一下才继续说：

"有问题吗？"

"奖品是什么？"

"你们可以带走这里任何一样东西。"老板笑着说，水手服少女害羞地低下头。

"惩罚是什么？"

"我将夺走你们身上一样东西。"老板眨眨眼，水手服少女嘤咛一声别开脸。

"这有点类似真心话大冒险耶。如果都答对的话，也可以带走老板吗？"

"可以。"老板长指轻滑过下唇，眼眸深邃，语调性感。少女娇喘着掩面。

"好了，我要开始问问题了。"娃娃高亢怪异的腔调响起："第一个问题：你们是好朋友吗？"

"是呀！"水手服少女笑颜灿烂。

"这还用说，当然是！"绿衣少女推推眼镜，耿直地说。

"我们是最好的朋友。"蓝衣少女眼神真诚。

娃娃地笑了，"GameOver！"它大声宣布。

"啊？这是为什么？"

"怎么可能？"

"我不相信！"

"重来一次啦！"

不理会三人的反驳哀求，老板带着不容拒绝的微笑，将她们请出门外。

少女即将踏出门前，老板忽然伸手覆住她的眼，"别忘了惩罚。"低沉的嗓音犹如提琴的颤音，在耳边幽幽回荡……

三个人手里拿着马铃薯串，恍然失神地走在人群中。对于自己为什么会在这里，手里又为什么拿着小吃，无论如何就是想不起来。

发呆中的绿衣少女张嘴咬了一口，口感酥酥脆脆，有些微咸，像是现炸的洋芋片。

"这太油腻了，什么人吃这些垃圾！"她心里这么想，却无意识间把心中想的话给说出了口，身后突然传来嘈杂的吵闹声。她忙回身看去——

"老娘的衣服呢？"水手服少女耍流氓似地紧揪着蓝衣少女的领子，威胁的口吻宛如黑帮人物。

蓝衣少女眼神充满鄙夷，她高傲地撇唇说："什么衣服？本小姐不知道！"

"你敢装蒜？信不信老娘给你好看！"她挥舞着拳头，原本美丽的面容此刻丑恶得有如厉鬼罗刹。

"下等人口气就是这么臭，本小姐都闻到你嘴里的穷酸味了。"她一手捏着鼻子，一手成扇形，装模作样地往左右扇了扇，表情嫌恶。

"喂……"绿衣少女本想阻止她们，却听见自己嘴巴不由自主地动了起来："俩傻帽，不要在大马路上吵架！很丢脸！要打回家打啊，万一倒路上，人们还嫌你们妨碍交通嘞！"

"你骂谁傻帽？四眼田鸡，老娘忍你很久了！会读书了不起啊？将来还不是本小姐脚下的一条狗，靠本小姐赏口饭吃！"蓝衣少女鄙夷地说。

"我才忍你们很久了！一个绿茶妹，整天犯花痴；一个公主病，有事没事哭哭戚戚作死！"

"你说什么……"

周遭的人越聚越多，碎语声越来越大，甚至已经有人拿出手机来拍照录像。

水手服少女拿出手机，将几张照片传给另外两人；她们看了照片后气得浑身直发抖，表情凶狠地扑上去抢水手服少女的手机，顿时三个人扭打成一团——

"贱人！连闺蜜的男友也不放过！"

"哈！笑死人了，什么闺蜜，别以为老娘不知道你们背后是怎么讲我的！反正我们谁都瞧不起谁！纯粹是为了方便才装出朋友的样子罢了……更何况到底是谁比较贱呀？明明知道是自己女友的闺蜜，还追！只能怪他已经厌烦你了……"

"闭嘴！"

"啊！"人群顿时发出阵阵惊叹声。

绿衣少女想张嘴呼喊救命，却发现喉咙发不出声音……恍惚中，她依稀看到白光闪烁，耳边传来阵阵"喀嚓"声……

"最讨厌照相了……"这是绿衣少女最后的念头。

"在下还以为你想增加新同伴呢。"娃娃翘着腿，晃晃悠悠地坐在老板肩上，手里拿着根缩小版的旋转马铃薯串啃食着。浓稠艳红的酱汁沾满它的唇边嘴角，滴落在黑色的布巾上……布巾瞬间吸收了酱汁，顷刻恢复干净清洁。

"不，她们太吵了。"
老板小心翼翼地将三张晶莹剔透的陶瓷玩偶收进玻璃盒中。
盒子里，三个少女笑容灿烂、一如往昔。
镜头推至玻璃盒子——虚化、淡出至字幕

鬼使神差

切

"您有一则新消息。"

青年按下开启键，看着屏幕上出现的画面，忍不住皱起眉头。"这是什么？"

这时手机铃声倏地响起，他按下接听键，看着屏幕里同学笑嘻嘻的欠揍表情，张嘴便骂："你白痴啊！这时候传什么恐怖照片，你真无聊！"青年旁若无人地讲着手机，无视墙壁上贴的警告标示与他人怪异的目光。

"不好意思……先生？"

"干嘛！"青年不耐烦地瞪了对方一眼，继续和同学聊着天："没啦，不是在跟你说话……什么？……我在加油啊，一会过了零点油价又要涨了……废话！报名的人不是一般的多，是多到要尿了你懂不懂啊！而且选研究方向真是费劲，要考虑导师，考虑学分好不好拿，还得想好对口的工作……嘿！连油箱盖都要自己开，什么服务！……就是说啊，哪有这种服务质量……喂，你等一下。"

他瞪着对方，口气很冲地说："你傻站在这干嘛？不帮我加油发什么呆！我等很久了！还看？看什么看，没见过人打电话？啊？神经病！"

加油站员工笑容僵硬地回答："抱歉先生……按规定加油站里是不能用手机打电话的，能不能麻烦您把手机……"

"啊？"他语气恶劣，"在哪打手机是我的自由！关你屁事！不爽你报警抓我啊！"说完，他便转过身更加肆无忌惮地讲起手机："没事啦，不懂行的小实习生，说啥不能讲手机……爆炸？屁啦！打个电话就会爆炸，你当我手机是引爆遥控器啊？全市有多少加油站，要炸早就炸了，我那么好运吗……喂，等等，我一会打给你。"

挂掉电话后他看着刚刚那个实习生，不知从哪带了一个看起来层级比较高的中年人，上衣别的牌子上印着"店长"两个字。

"别以为找店长来我就会怕你！警告你们，最好别碰我，我可是视频存证了的……"他晃了晃手机，表情嚣张中透着不安。

店长满脸堆笑，语气谦和地说："先生，很抱歉刚刚我们员工对您不礼貌。能不能请您到办公室里喝杯茶、休息一下，那里环境也比较安静，不妨碍您讲电话。等您的车加好油后，会由我们员工帮您停到门口，保证不耽误您宝贵的时间……"

"这样啊……"青年紧绷的神情略为放松，但嘴上依旧不饶人地哼了一声："还是店长比较会做人……那好吧，看在你们店长的面子上，我就去办公室里讲好了。"他在跟店长走前还不忘威胁了员工一番，"小心点，别乱搞。要是不小心刮花了我的车，饶不了你们……我哥们可是法学研究生……"

他边走边啰嗦个不停，"……我说你们不会故意把我骗到里面，然后一起围殴我吧？除了茶以外还有啥可以喝？……可乐？我对咖啡因过敏啦！有没有现榨果汁，不要加防腐剂的那种……"

离开加油站后，他将手机开了免提，再塞到全包裹式的头盔里，将镜片拉下挡住手机，腾出手来继续打电话。

音量调得太大，头盔里隆隆的都是回音。不知道是信号差还是风声大，对方的话语断断续续，就连自己的声音都有些模糊不清。

"……你今天……打工？"

"你说啥？打工哦，刚刚辞掉啦！"他语气很不爽，"啥原因？你是不知道那个经理有多烦人！动不动就叫我做这做那的，还是个嫌东嫌西的碎嘴子，说啥这不对、那不好！连我妈都没这样跟我说话！那个口气就像在叫狗一样！老子听了就不爽！还有客人也白痴，吃饱太闲没事干，整天动不动就投诉……经理还敢跟我说要罚钱？……废话！当然不能认罚啊，我才没那么笨。不过我也没这么简单放过他们……哈哈，趁经理跟客人道歉的时候，我在他叫我重做的奶茶里偷偷加了抹布水，就不信回去拉肚子拉不死他们！」

"你胆子够大……"

"废话，我没让他们吃屎就不错了！"

前方路口亮起黄灯，他却加紧油门，赶在变灯的前一秒穿了过去。

"那你爸……到底……给不给你……买……"

他听着这断断续续像便秘了好几天似的声音，皱起眉头，"拜托！别提那死老头了，上次说要买车就叽叽歪歪念了好久，跟我妈有得一拼……"他骑在快车道上，在车阵中左右穿梭、钻来钻去，一再超越前方车辆，像要借此抒发心中强烈的不满。

"完了！"前方一个坑他来不及闪避，龙头一歪，顿时整台车腾空跳跃了一下。"啥？没事啦……这路真有意思！好端端的柏油路面怎么一米一个井盖，这是要打地鼠吗！坑坑疤疤、凹凸不平……咦？"

他发现侧后方有辆车看上去很眼熟，却怎么也想不起在哪看过。他晃了晃头，将视线移向前方，继续跟同学聊。

"我肚子饿死了，晚餐还没吃。等下要去吃个汉堡……你要不要一起？"

"大哥，我正在减肥啊！"

"减什么肥啊，每顿你至少吃两碗米饭，哥哥，那都是很肥的碳水！差这一顿么……得了，别磨叽，今晚第二份半价！"

话音刚落，他一个右弯压车，连方向灯都没打就直接转进了取餐车道。

麦克风传来亲切的问候："欢迎光临麦当劳！请问要点什么？"

"我要三号餐。"

不知道是不是因为车子静止、少了风阻的关系，对方的回答格外清晰明确。他对着麦克风点餐："两份三号餐。薯条、可乐加大。"说完，不等店员回答便径直骑到结账窗口。

带着耳机、笑容甜美的女服务生，态度亲切地跟他确认餐点："先生，不好意思，刚刚没听清楚您的点餐。现在再跟您确认一次……请问您是要三号餐是吗？薯条可乐加大？"

"没错。"他点头，继续让引擎发动着，直接将钥匙下压转动、座垫瞬间弹起；他略站直身子，向后弯身，探手到车厢盖摸索着找什么东西。

"那请问您的朋友……"

摸了半天仍旧摸不着，他有些心浮气躁地胡乱应了一声："他跟我一样啦！哎？手机塞哪去了，怎都摸不到？"

"好的。"店员的声音甜美依旧，丝毫不受影响，"一共57元。请问要不要加10元加点我们最新的……"

他摇摇头，"不要！哎，我手机呢？"没有手机没法结账。只见店员笑意盈盈地指了指他头盔里别着的手机。

"骑着毛驴找毛驴！"他自嘲着，打开了付款码。

"好的，收您57元……麻烦下个窗口取餐。谢谢您的惠顾，欢迎下次……"

他收起手机，扭动油门便往下一个窗口骑去。

取餐窗口前大排长龙。一排的轿车中只有他一辆摩托车，格外醒目。

但他毫不在意，继续跟手机里的同学瞎扯，"不知道为啥，叔叔家的炸鸡感觉比爷爷家的炸鸡香，你说这是为什么嘞？"

"这就跟爷爷家的圣代，总是比叔叔家的新地好吃一样。各有卖点呗。"

"哪家的店员漂亮？"

"都差不多啦。"

乱侃大山的同时，他注意到前面车子后座的小孩，不知为何一直从后挡风玻璃看他。被看得不耐烦,他索性朝那孩子比出一个劫犯撕票时候常用的手势,也不知那小鬼是头脑有问题,还是根本看不懂,竟然笑得更开心了。

"……无语,现在的小孩竟然连最基本的国际通用手势都看不懂,难怪会被霸凌。"

"现在的小孩要么特猴精,要么特白痴……"

"这么说也对。"

取完餐,他继续往学校方向骑去。改造过的排气声浪轰隆隆响彻整条街。

"等下你自己出来拿哦!现在这种时间车子根本进不去,保安又扎堆……而且我这车改装过,万一被警察盯上,可就麻烦了……"他无视路口交通信号灯,一个漂亮压车、右转——

正所谓怕什么,来什么。刚刚转过街角的摩托车,一头栽进守株待兔的交通警察包围圈里。交警见到他违规,不紧不慢地挥手,示意他靠边停下——他却丝毫不降低速度,车把一拧,油门一轰,整台车瞬间绕开警察,冲了过去!

"今天是真够倒霉!先挂了,刚刚差点被警察抓到!"他加快速度,灵巧地钻过车阵,闯过前方路口的红灯,对向来车连忙紧急煞车,发出刺耳刮擦声。突然,他看到身后出现了几辆红蓝警车,闪着警灯向他开来。

"怎么?为了抓一辆摩托,都动用警车了?"他扭头瞥了一眼,忍不住为自己的坏运气抱屈:"不就钻了个红灯吗!怎么搞得像是在追通缉犯!"

急促的鸣笛声声催魂、挥之不去,似乎怎么甩都甩不掉,一连闯过三个红灯后,却惊见前方路口正中堵满车辆,另外一个方向的车子根本过不去!

"这下完了!"他干脆停了车,闭了眼,等待警察抓捕。

只听得警车呼啸而来又呼啸而去,根本不是来抓自己的。

虚惊一场!好似躲过一劫,他立即启动摩托,绕开主路,横越车道钻进了一侧的小巷。巷子内没有装路灯,两旁住家红砖墙高高耸立,见不到半个人影,除了自己的车头灯、以及巷外偶尔闪过的车灯外,没有任何一丝光亮。

顺着道路连续转了几个弯后,他放慢速度。不知是不是位置关系,进来后气温陡地降低,背后阴风阵阵,似有风推着他前进……汗水浸透他的背脊,手臂上的寒毛根根竖立。

"这什么鬼地方？怎么一点光都没……"周遭异常静谧，半点声息也无。只有远方隐隐约约传来的车声与喇叭声，才让他有还身处在现实世界的感觉。

这里似乎收不到讯号。手机里杂音一片。他单手骑车，另只手将镜片拉开些微缝隙，想掏出手机……

前方突然窜出一道黑影，他反射性地紧急刹车。因为只有一只手刹车，前轮的碟刹瞬间锁死，整辆摩托车一时重心失衡前倾，后轮顿时高高翘起——

"哎！"顾不得手机掉落，他忙双手紧抓握把，松开刹车，膝盖用力弯起顶住内箱，上半身朝后挺直，想藉此稳住车身。因惯性作用，前轮持续朝前滑行，车子则定在半空中摇晃一阵后，后轮才重重摔下。他忙支脚撑住车子……

"好险，"他重重喘了口气，"差点戳个狗吃屎。"

他下车捡起手机，突然街角暗处一只全身漆黑的野猫朝他"喵呜"叫了一声，晶亮的竖瞳散发幽幽绿光，他不由打了个冷颤，把手机收进口袋后，连忙驱车离开巷弄。

即便离开小巷已有一段时间，他仍有些心神不宁。在历经过一连串的衰事，他骑车较为安分，不再视交通规则于无物。当他停在路口等红灯时，远远地听见有鸣笛声在响，一时有些慌乱，仔细听后才发现：原来不是警车的鸣笛声，而是救护车……

在确认救护车并不是从自己这边的车道过来后，他依旧呆呆放空。旁边大楼的电视墙上正播放广告，一阵绿一阵白一阵蓝的。

此时猛地刮起一阵强风，路边的树被吹得不停晃动。无数叶子混着泥沙袭卷而来，恍如一场小型沙尘暴……眼睛几乎都快睁不卅。狂风怒号中，依稀听见大楼上方传出奇怪的"喀吱"声，紧接着是一声轰然巨响——"哐啷"！

急速的风掺杂细碎的玻璃屑从他身旁割过，外套和裤子被划出好几道破洞……还来不及感受疼痛，他已然被吓傻：距离他右侧十公分不到的地方，一整块钢化玻璃正笔直地插在地面，显然是从大楼上掉落下来的。玻璃上布满裂纹，他看见无数个扭曲的自己正惊惶失措地望着自己——

"这，这怎么回事？实在太酷了，必须拍下来发抖音！"他激动地喃喃自语，习惯性地伸手去摸口袋里的手机……

尖锐的鸣笛声越来越近。

当他举着手机正准备比剪刀指拍照时，镜子内的他突然伸出一只手抓住现实中他的右车把，轻轻一拧油门——

整个画面如同慢动作般，他连人带车瞬间飞了出去，撞上正急速穿过路口的救护车……

当他从半空中往下坠时，眼角瞄到旁边跟他一块弹飞出来的麦当劳的袋子，想要伸手去抓，眼看着只差几公分的距离，却已来不及，下一秒他重重摔落而下——

"砰"……"啪啪啪啪啪……"

镜头推至碎玻璃内的画面——切字幕

猎杀Online

切至电脑屏幕

打扮火辣性感的女孩急速奔逃着。

她气喘吁吁香汗淋漓。本就少得可怜的衣服，被利器划出多道口子，沾满泥巴与血渍……依稀可见洁白的肌肤。但她甚至连停下来疗伤的工夫都没有，她正被人追杀。

漆黑的森林渺无人烟，只有几只野狼偶尔闲散地晃过。她内心越发慌乱焦急，倏地停下脚步，想找个地方躲藏，以便传信向朋友求援……

隐隐似有破空之声传来——

女孩心口顿时一凉。

她低头看向自己胸口，散发七彩光芒的刀锋不知何时刺破了她的心脏，大量鲜血从她衣衫内透出，顺着刃尖滴落流淌，溅染了黝黑泥地……

女孩缓缓朝前倒落，脸上仍带着不可置信的惊惶，而她身后逐渐显现出身形的红衣蒙面男子，却兀自冷酷无情地将匕首拔出、动作利索地割开她纤细脆弱的颈项……

"呃啊——"夜风中女孩惨厉的哀号遥遥不绝……

看着地上逐渐消失透明的尸体，蒙面男蹲身拾起女孩掉落的物品。查看过装备的素质与金钱的数额后，他忍不住吐槽——

【当前】非死不可：菜鸟就是菜鸟！穿烂装还敢出来混？

他头上的ID鲜艳如血、红得发亮①。

【密语】女王我最大对你说：干嘛杀我，老子哪惹到你了？

【密语】你对女王我最大说：人妖死开！还不哭着回家找妈妈吃奶？这里很危险的，不适合泥这种菜咖玩！

关闭密频，他继续物色下个猎物，此时画面连续闪过几行红字。

【世界】女王我最大：非死不可你凭什么乱杀人？有种就报手机地址出来啊！信不信老娘放黑客查你IP。

【世界】非死不可：哇～我好怕哦，怕死了，光嘴炮有屁用！不爽再来PK？

【世界】水手拍赛：杰克！娘子快带孩子出来围观猎杀榜永远第一的金牌杀手。

【世界】偷心乐园：老公～孩子早睡了，你还不快来？（掀被）

【世界】可鲁在哪里：……楼上别放闪光好吗？

【世界】脱了再上：我说哪只狗敢杀女王，原来又是找死那个脑残中二！

【世界】国王没穿裤：老婆，谁杀你？我帮你报仇！

---

① 在线游戏中乱攻击、杀害其他玩家的玩家，角色ID会变红，即所谓红名。红名玩家通常是为了好玩发泄或者抢王、抢装、帮人出气……等冲突纠纷才杀玩家。通常杀的"人数"越多，红名的时间也越长。为了维护游戏内秩序、不干扰一般玩家正常进行游戏的权益，红名的惩罚往往相当严厉。例如：进城会被守卫追杀、无法进行任务。死亡后会喷装（装备掉落）、坐牢直到恢复白名（一般玩家ID为白色）……且杀死红名玩家者不会受到红名处罚。

【世界】×煞气a枫痕×：收吃不完的苹果～收吃不完的苹果～大量收价可议～有意者私我～～

【世界】股沟正咩：非死不可不要脸！非死不可还我装！非死不可还我钱！

【世界】无糖绿茶：今天好热闹啊！一堆人烧钱广播，后面跟上吧，吵到不好意思咯～

【世界】Oo恋羽星空oO：微公，Lv300↑、有点数、要真心、要帅、会养、要疼我，有VX跟照片者优哦^^

【世界】咖啡不加奶：半夜疯子多，早点睡才好ˇˇ

【世界】优质必伤AA112234：1:200w大量诚信实时：ooxxox

【世界】优质必伤AA112234：1:200w大量诚信实时：ooxxox……①

看着屏幕上快速卷动的对话栏，他微微露出冷笑。劈哩啪啦的键盘声持续着，他手指快速敲打、间或操控着游戏杆，与游戏里的陌生人进行无硝烟的战斗。

骤然响起的敲门声，惊得他手一滑，差点打翻桌上的饮料——

"老三，你还没睡喔？还不快睡，别玩太累，小心明天上课会爬不起来嘿……"母亲敲着他的门，刻意放柔嗓音慈爱地说。

他不耐烦地应了一声："好啦！知道了，别烦我了！"

下线游戏后他将屏幕关掉，将大灯切成小灯才爬上床。昏黄的灯光下，他的眼睛并未闭起，凝视着天花板炯炯发亮；手指不自觉地微微颤动，像似仍在敲打着键盘一般。

听见母亲逐渐走远的脚步声以及走廊另一端房门关上的响声，他又耐心地等了一会，直到确定再没有人会来干扰他后，才迅速从床上爬起，坐回书桌前。

_____

① 关于文中出现的注音文、火星文等，系真呈现游戏内对话，游戏中玩家若出现不当发言（如脏话），文字内容会自动被系统屏蔽，以各类形似符号来代替。如4=死、$=钱、w=万等。有时须结合上下文及其人当时语境，方能正确判断对方想表达的意思。追本溯源，这是造成网络上火星文盛行的主要原因之一。现在大多数是为了趣味好玩才流行起来，无须过度认真看待。

戴上耳机，登入账号，他再度沉迷于在线游戏的奇幻世界里……

"当当当当……"

下课钟刚响完，喇叭音量旋即被扭到最大，教室内电音舞曲震耳欲聋。

孩子们三五成群地聚在一块聊天、或去厕所联络感情，有些则兴高采烈地冲去福利社买零食吃。

"喂、喂！猪啊，这么会睡？"两个男生一前一后不停摇晃桌椅，试图吵起趴在桌上呼呼大睡的同学。

被吵醒的红毛少年满脸不悦，"干嘛？"他揉揉惺忪睡眼，戴着角膜变色片的红色瞳孔显得格外诡异。

内搭黑色时尚T恤、外披夏季制服上衣的金毛少年，一屁股坐到他桌上，改成七分裤的制服长裤底下露出毛茸茸的小腿，他嘻皮笑脸地说："昨天操作很骚啊，你是挂了多少人？怎么搞到服务器前几大血盟的盟主都说要处理你？"

"差不多百来个吧？人一直围上来，杀到后来就忘记数了……"少年打了个呵欠，依旧满脸睡意。

趴在他身后桌上的绿毛少年将手搭上他的肩，表情揶揄地调侃："这么威猛啊？我看你这次彻底红了，打算花几张红票子洗白啊？"他顿了一下，语气促狭地，"我早上上去看，有人在猎杀榜上悬赏1000亿K币买你被杀回1级的视频！如果能杀到你不玩，就再加2000亿。哈哈哈！"

"真假？我怎么不知道？"金毛猛地跳下桌，见红毛低着头不发一语。他和绿毛对视一眼后，忙呛声说："谁怕啊！来一个宰一个来十个杀十个！况且你昨天都1V100了，难道还真怕那些菜货？"

"对啊，就算是叶问来，都要怕你身上那套全身加顶的神装！更不要说你那把攻速爆满的顶级神武了！"

红毛依旧没有开口。

正当金毛和绿毛想再说些什么的时候，一名模样清纯可人的大眼少女突然从旁窜了出来，一把抱住红毛，嘴巴凑上去——

对于现场表演的火辣辣热吻秀，班上同学像是习以为常般，没有任何人多关注一眼。

金毛吹了声口哨，径自坐到隔壁桌上看起戏来。绿毛"啧"了一声后，百无聊赖地直起腰坐回椅子，手伸到包里掏出一把刀子，与游戏里的道具一模一样，显然是买了游戏周边。

"哇，你又花钱买道具了？"一声黏腻的娃娃音从身后传来，一个红扑扑粉颊煞是可爱的小女孩盯着金毛手里的游戏道具，惊叹的嘴唇瑰红晶亮，犹透着几分光润。

"对啊——"回应她的是大大的哈欠声，金毛看起来有点不耐烦。

女孩倚着金毛，气鼓鼓地戳了戳他，忽然间满脸羞红羞答答地绞着手指说："送给我啦！"说完她勾着金毛少年脖颈，身子扭来扭去。

另一旁，绿毛少年向前探过来，"不会吧，这就把你搞到手了？！"说着双手重重地拍了一下金毛的肩膀。

金毛晃神中，突然被一拍，手一滑，道具刀子顺手脱落。他下意识地在空中抓了一把。

撒娇女孩，却瞪着金毛，却见对方手掌红红的，似沾染了些什么……

"啊！血！"女孩失声惊呼，"你受伤啦？"

"你搞啥鬼？"绿毛皱眉起身，不顾金毛的反抗，硬是扣住他手腕强扳开掌心检查——金毛手掌正中划出一道红线，开口处正汩汩渗出鲜血。

"痛不痛？"女孩从口袋中掏出纸巾按压住伤口。

"没事啦！"金毛少年仓皇抽回手，脸庞发红。

"我去拿ok绷。"女孩匆匆奔离。

绿毛少年蹲身从地上捡起那柄道具刀，原本光洁的锋口黯赭斑斑，"没想到你这把道具刀开刃了啊！"他把玩着手上的刀子，不断将刀刃缩回伸出，发出"咔咔"的声音，"白痴哦！游戏打太多。"

"拿来吧你！"红毛少年冲过来一把夺过刀子，顺手塞进口袋。

此时女孩已帮金毛少年处理好伤口，"贴得很漂亮吧！"她眨着眼睛，甜笑着向少年邀功。

金毛少年无语地瞪着满是爱心图案的粉红ok绷，脸上三条线。

"不过怎么会割到手呢……啊！"像是突然想到什么，女孩表情暧昧地低声问，"你该不会是想学那个传说吧？"

"什么传说？"金发少年好奇地问。

红发少年冷冷回他一句："不要问，很无聊。"

女孩不高兴了，"哪里无聊，明明就很灵好吗！"她摊开右手，掌心下缘有一颗小小的红色爱心。"看！这是哥哥帮我纹的。"女孩彷佛沉浸在幻想中，满脸甜蜜陶醉地说："传说啊，只要男生在女生右手掌生命线上刻一个爱心、女生也在男生左手掌生命线上刻一颗爱心，就能永远相爱不分离哦，因为它代表两人已经约定好：我心属于你，很浪漫吧？"

她笑嘻嘻地戳戳金毛少年，"你该不是想先拿自己的手偷偷练习，结果不小心受伤了吧？其实你可以找哥哥教你啊，看他刻得多可爱……"

说到这，女孩突然间脸色一沉，转头生气地质问红发少年："你什么时候要让我刻？每次你都推说没时间、我技术太差，但其实是你自己怕痛吧？"她放软语气，轻柔哄慰，"放心，不会疼的，我会很温柔、很小心的，所以……"

"不要，手受伤会妨碍我玩游戏。"红发少年一脸冷漠，"所以我们分手吧。"

女孩一脸不敢置信，"你说什么？"

少年一字一顿说得很硬、很清晰，"我说：我们分手。"

"为什么要分手？"她语气颤抖，眼眶泛红，难过得快要掉下泪。

"性格不合。"他简单地说。末了还好心提醒女孩："你回去上你的课吧。"

女孩"哇"地一声哭着跑出。

看戏的金毛少年啧啧称奇，"哇，你也太直接太突然了吧！这样真的没问题吗？"

红发少年瞥他一眼，不回他的话，反而说起游戏的事："放学后直接去网咖，我开角色让你杀，记得录像；杀掉100级后我会在世界广场里说不玩了。到时你拿了钱把钱都交给我，我去数字网卖账号。看卖多少再平分。"

"你不玩啦？"

红毛少年点点头，"嗯，腻了。明天有新游戏要测评，我想先去探探。"

金毛像看怪物似地望他，"你还真干脆……那只毕竟练了这么久，又氪了这么多金，不心疼吗？"

"旧的不去，新的不来。"

"没差，反正你去哪我去哪，跟着你准没错。先闪。"金毛少年从窗户看见老师正从走廊走来，忙窜回座位。

上课没多久，绿毛少年点点发过去一条信息。金毛打开手机："等下教我怎么给爱心上色。"

"你真的要学？"

"嗯，不过我爱心画这样可以吗？"

看着纸上歪七扭八的爱心，金毛少年叹了口气。

"也太丑了吧，我记得你是左撇子……算了，等下我帮你割线，你再自己打雾。"

"3Q。"

橘红的夕阳余晖洒满整间教室。教室里空荡荡，不见任何人。

"怎么都走了？也没人喊我一声。"他打了个哈欠，伸伸懒腰转动压得酸麻的手臂和脖颈，起身背起书包，不经意的低头时，却发现自己制服上的学号姓名从原先的白色变得嫣红似血，像是红笔涂上去般，怎么也擦不掉。

"谁这么无聊？"他嘟囔一句。在检查过窗户全都已经锁好之后，随手带上门，慢条斯理地走出教室。

走廊上空无一人，只有他趿拉着鞋的声音异常清晰。

少年歪垂着头，双手插在口袋，拖着慢吞吞的步伐，脑海里转着该用什么借口瞒骗父母晚点回家。绕过转角前，他探手到书包里找手机，却发现自己把手机忘在抽屉里了。

"烦！"他蓦地转过身，想走回教室，背后却被重重砸了一下。

"搞什——"骂人的话语戛然而止，因为他看见对方手里正拿着一把造型夸张的大刀——他斜背的书包被割破一个大口子，校名一分两半。

"靠，没砍中。"持着大刀的眼镜男啐了一声，挥舞着朝他冲来。他立刻将书包往他脸上砸过去，疾退几步，回身狂奔。

就像游戏场景般，旁边原本空空荡荡的教室里忽然挤满了人，无数穿着游戏角色制服的男生、女生，每人都手持一把造型各异的刀，红红绿绿的，争先恐后地从窗口或前后门冲进来——拼命追杀他。

"不会是在做梦吧？"如果不是后背传来隐隐作痛的感觉，他真认为自己是游戏打多了，才会梦到这么诡异的情境。

迎面走来的正是导师，后面还跟着校长，他顿时松了口气，还来不及开口求援，却见导师从公文包里拔出一把道具短刀，"我这把刀掉落的几率可是不高啊！试试锋不锋利！"吼叫着朝他冲了过来！

教导主任手上拿着DV，边拍摄边笑容可掬地吩咐："下手要准，要出效果啊！注意镜头感！"

少年低头躲过道具刀的袭击，他赶忙朝前狂奔，心脏急促地像是要从胸腔中跳出来，他抬头看，前方正是自己班级，忙躲了进去锁上前后门。

当他刚从抽屉中找出手机，玻璃被击碎的声音陆续传来，他抬头望去，走廊外密密麻麻全是黑压压的人影，有些人正从被打破的窗户爬进来。

"后面别挤！"

"前面的，明明是你们想独吞，才故意不让我们过去！"

"对啊！见者有分，你们别太自私！"

"我跟他有仇，他抢我装备，我有权先砍他！"

"闭嘴！乖乖排队！门好像快开了……"

嘈杂的碎语听得他一颗心像掉进谷底，忙抓着手机快速跑到后走廊。"啊！

他要跑了啦！快把门撞开！"人群又是一阵骚动。

他喘息着翻墙，正准备往外跳时，脚被后方伸来擦窗户用的长竿勾了一下，顿时整个人倒头从二楼直直摔了下去——

幸好是掉到花圃里。他忍着痛，一拐一跳地逃出校门，见到校门口值勤的保安与过往的行人纷纷驻足盯着他看，而他们手上也都拿着武器……

"不会吧……"没来得及惨叫，保安和行人们已纷纷举刀砍了过来——

刀片擦过脸颊的灼热感太过真实，真实到让他几乎感受不到疼痛，甚至连"为什么还有飞刀这种操作"之类的吐嘈也没力气。一切实在太超乎现实了，根本就是在游戏里。想到游戏，他下意识地打电话给金毛。

"你在干嘛？很多人在追杀你！"熟悉的声音透过话筒传来，格外使人心安。"废话！在逃命！"边喘息边艰难说完话，对方急促："你绕到实验教室后面廊道来，这里没人。快，我先引开他们。"说完，不等他回答便挂掉电话。

实验教室那栋楼很少使用，许多逃课学生都会溜到那抽烟或打牌，大学生们乐此不疲。

好不容易摆脱疯狂的众人，却突然尿意上涌，他偷溜进厕所。解决完生理需求后，才注意到最里间似乎传来奇怪的声音……

听着似有若无的喘息呻吟，他原本因剧烈运动而通红的面色映衬着自己一头的红发，交相辉映越加鲜艳，直到离开厕所后，仍有种恍惚的不真实感。

"连四脚兽都出没了，还有什么事不可能在学校发生？"

胡思乱想间，不晓得自己是怎样抵达廊道的。廊道很黑，眼睛花了一些时间才适应黑暗。当他看见正焦急等候的金毛，心情瞬间放松，酸软的双腿不由自主绊了一下，整个人往前倒去——

"那群人全都疯了，你没事吧？"金毛一个箭步上前，接住他虚脱无力的身体。

"没……"他想回没事才怪，腹部却感到一阵剧烈痛楚，他用力地推开死党，整个人跌坐在地。

对方手里拿着沾满血渍的蝴蝶刀不断甩来甩去，本该看惯的面容，此刻却模糊的有如陌生人般。金毛流里流气地踱步到他跟前，蹲下身冷眼观察他痛苦的模样，彷佛正欣赏一出有趣的戏剧。

"你太显眼了，兄弟。"金毛笑得猖狂，"为我两肋插刀可不可以啊……"他刻意模仿着电影台词嘲弄他，狞笑着扯开他破烂的上衣。"这可是证据呢，要拿去换钱的，不能弄脏了。"金毛爱怜地抚摸制服上的猩红姓名，手上的刀则再一次刺进少年大腿，绽出朵朵血花……

确定红毛已经彻底丧失行动能力后，在给他最后一击前，他忽然扭头朝后说："baby，要不要见他最后一面作纪念啊？"

一个女孩缓慢地从阴暗处走出，手上的手机正对着靠坐在墙角的他拍摄。她甜笑着仰头和金毛拥吻，另一只手暗藏的雕刻刀却狠辣的捅进金毛身体，顿时鲜血如喷泉般涌溅出来……

"呀！"女孩夸张地尖叫一声，她被金毛沉重无力的身体压在底下，几乎快不能呼吸，她忙喊："很重耶，快过来帮忙！"

沉稳的脚步声响起，红毛朦胧的视线里，是一片翠绿的光影闪动——他咳出一口血痰，意识再度恢复，却见女孩正欢欣愉悦地倚靠着一团绿色，朝他打招呼。

"小哥哥，看！刻得很漂亮吧！就说不会痛你还不信……看你还敢不敢整天玩游戏不陪我！"女孩将手掌伸到他面前朝他献宝，满是擦伤血痕的掌心中，赫然多出一颗小小的殷红爱心。女孩用手帕轻柔地包扎起断口处血肉模糊的肌理与骨头，将手臂紧紧抱在自己胸口，满脸幸福地笑了。

"时间差不多了。"粗嘎的嗓音依稀有些熟悉。

"好啦。"抱着手臂，女孩不情不愿地走到金毛尸体身旁，欲拔出雕刻刀，但因插得实在太深，她试了好几次都没拔出。

"帮我一下。"她将手臂交给正在拍摄的绿毛少年，千叮咛万嘱咐："小心拿喔，别搞坏我的装备！"

绿毛不发一言，拔出雕刻刀后，走到红毛面前，侧坐在他身边。女孩则趴伏在他肩膀上，微仰面，晶亮、温热的泪珠不断从她眼中滚落，浸湿了胸腔。她习惯性地抚摸着他的胳膊给予安慰。

"哥哥，我们回不去了……"她啜泣着说。

突然，红毛手里多了一把道具刀，泛着彩色的光，直直地插进女孩的胸口，女孩一声没吭，神情宁静，彷佛睡着了一般。

"没事吧？"绿毛少年将女孩移开，靠坐在他身旁。红毛冷笑，"我都忘记口袋里有刀子了，是你赠给我的吗？"

"嗯？上次我熬了两晚上打出来的一把短刀，你用别的装备跟我换的，忘了？"

绿毛掏出烟，放到红毛唇边点燃。火星在黑暗中明灭闪烁，"可以止痛……而且我想你应该想自己亲手解决。"

"废话！她害我这么凄惨，不亲自弄死她我咽不下这口气！手应该接得回去吧？咳咳咳……"鹅白的烟管印染上朱痕，暗沉的黑血从嘴角淌落，绿毛伸手帮他抹去。修长的指尖停留在他的下巴，勾勒着下颚的线条，并持续滑过喉结……

红发少年隐隐觉得不对，但也许是失血过多造成的晕眩，令他神智逐渐迷离，他口齿不清地问："你……你干嘛？"

对方炽热的手掌覆盖着他赤裸的胸膛，心脏正怦咚怦咚跳得飞快，冰冷的肌肤彷佛被熨烙般烫得难受……

"还记得传说吗？"绿毛让他躺下，笑望着他。

"我……"红毛想说些什么，却意识昏沉开不了口，身体逐渐麻痹，嘴里叼的烟不觉从他微启的口中掉落……

"嘘——"

他按住红毛带着铁锈味的干裂嘴唇，手里的那把道具短刀已深深埋入红毛的腹部……顿时，低沉的悲鸣声呜咽响起……

待红毛不再抽搐，没有任何气息后，周身开始释放红色的光芒，十分耀眼，随即红毛身体慢慢淡去，浓缩为一团红色的、晶莹剔透的圆珠。

绿毛轻轻捡起犹如沁满鲜血的美丽圆珠，高高举起，痴狂而炽热的表白："你永远属于我了！"

圆珠释放出耀眼的光芒，在光芒里，各种各样的武器、装备、道具若隐若现地闪耀着。

此时外面传来纷乱的脚步声，当众人看见地上红毛残留的衣物，绿毛少年周身围绕着各种各样的珍稀武器、装备和道具时，纷纷一拥而上——

"别抢！"

"刀是我的！是我的！"

"靠！他明明是我爆出来的，谁偷拿？连个绑定都没有，真烂！"

"嫌烂就不要抢啊，快滚！"

"录像勒？有没有人录像？"

"等下要守尸的记得先排队嘿！"

"妈的，哪个混蛋偷砍我？有种来PK啊！偷袭算什么？"

"误伤，对不住了兄弟。"

"抱歉，一时手滑。"

"轰！"

"是哪个白痴这时候放范围技？"

大量的粉尘充斥廊道，众人灰头土脸、咳嗽连连……

天花板顶角的监视器发出莹莹的光，记录下了一切……

镜头推至监视器的镜头——切字幕

遗失的袋子

切

"那就麻烦大师了。"女人牵着孩子的手，深深地鞠了个躬。

回家路上，孩子乖巧地跟在母亲身边，乌黑圆亮的眼珠东看看西瞧瞧，对路上的任何事物都充满好奇。

"妈妈，你为什么这么喜欢算命呀？"孩子仰头天真地问。母亲心情极佳的笑着回答："因为可以得到幸福啊。"

"幸福啊……"孩子喃喃自语，但马上一脸认真地反驳："可是老师说算命是迷信，迷信不好……"

　　母亲不在意地挥挥手，"哦哟？你们老师不懂啦！"她遥望远方，眼中焕发奇异的神采，"那不是迷信，是掌握命运……"孩子试图再辩解些什么，但注意力很快被路旁的红色物体吸引去……

　　"妈妈、妈妈，地上有红包呀！"孩子停下脚步，不住扯着母亲的手，试图引起她的关注。

　　"乖一点啦，不可以乱捡东西。"母亲摸着她的头，小声呵责。孩子睁着大眼，满脸不解地问："为什么？老师说：捡到东西要送去警察局给警察叔叔……"

　　"哪有那么多为什么，叫你别捡就别捡嘛，哪那么多老师说。整天老师长老师短的，你怎么不听妈妈说？人家不是说要听妈妈的话吗？真是的……"母亲硬拉着她离开，唠叨不绝。

　　母女身后的影子被路灯拉得极长，孩子的疑问仍不时随着夜风传来："可是老师说人家丢掉东西会很担心……老师说……日行一善……老师还说……"

　　人语喧哗，车声嘈杂，女童背着大大的红色书包，蓝色百褶裙随风飘扬。今天提早放学，她在学校围墙边玩着跳格子，等着人来接。跳啊跳的，头上的帽子不小心被风吹落，滚啊滚的，一直滚到转角后。女孩急忙小跑步去追。

　　帽子停在围墙边一包黑色袋子旁。

　　女童蹲身拾起帽子，澄澈的眼睛好奇凝视着眼前的黑色行李袋。拉链处用小小的锁头锁住，侧袋则微微露出一角红色，女童好奇地抽了出来。

　　"哇，是红包耶！"她小声惊呼，想到过年时拿的压岁钱，心里微微躁动。"看一下下好了……"她自我安慰，略微愧疚不安地转头看旁边有没有人在，也许还是交给大人比较好……

　　风吹过，四周静谧无声，彷佛远离了俗世凡尘。女童东看西看，蹲得腿都酸了，却依旧没有大人出现。街对面的派出所同样静悄悄的。警察叔叔可能都去指挥交通了吧？她想。

　　禁不住诱惑，她还是打开了红包袋。里头放了一百块和一张红色的纸，纸上密密麻麻写了很多字，不过好多都看不懂。

　　"戊……年正月十三日子时……威多市……"女童辨读了几个字，但生字实在太多，她很快就放弃了。将红包放回侧袋，她站起身，"还是照老师说的，拿去给警察叔叔吧。说不定校长会发奖状给我呢！"

　　她喜滋滋地想，上次隔壁班同学就有人帮老奶奶捡水瓶，校长不但在全校大会上表扬他，还颁发了奖状跟礼物。"这样爸爸妈妈会很高兴吧？夸我是好孩子，哥哥姐姐也不会不理我，骂我跟屁虫、爱哭又爱跟……"

　　她试着提起袋子，却因太沉，小小的身躯跟跄了一下。幸好袋子底部有滚轮。她握着提杆，双手使劲地拉，几乎费尽吃奶力气才让轮子开始滚动……一路都是下坡路，虽然始终有风在吹，她仍气喘吁吁汗流浃背。

　　终于，到了派出所。

　　"警察叔叔、警察叔叔！"她一边喊着，一边吃力地将袋子拖进室内。值班的警察走了出来，好奇地低头问："小朋友，你怎么了？爸爸妈妈呢？"

　　"他们在上班……我跟你说噢，我捡到这个大袋子！"她邀功似的抬头直笑，小小的脸蛋像颗苹果，红嘟嘟煞是可爱。

　　年轻警察笑得无奈，"真的呀，你好棒。"他弯腰拍拍女童的头，"叔叔知道你很乖，不过能不能请你告诉我：你爸爸妈妈的电话呢？因为要请他们协助作笔录。"

　　"为什么呀？"女童一脸迷惑，"我想给他们惊喜……"她有些挫败地垂下头，但很快仰起脸，眨巴着眼睛，满脸问号地问："'比鹿'是什么？小鹿斑比的弟弟吗？"

　　"呃……"警察笑得尴尬，他敷衍地说："你回去问爸爸妈妈就知道了，不然问学校老师也可以……"像是借机转移话题，他单手提起行李袋，招呼女童到里面坐着等父母。

　　警察有一下没一下地敲着键盘，"所以这是你在对面捡到的？"

　　"对呀，还有一个红包，里面有钱……我差点忘记了。"她从侧袋里抽出红包袋，递给警察，对方的表情顿时有些微妙。

"只有钱而已吗？"

"还有一张红色的纸，不过上面写的字好难噢，我都看不懂。"女童不好意思地笑着说。

看着警察叔叔瞬间静止不动、脸色铁青，整个人像在玩"123木头人"似的，她不由噗哧笑了出来："你不打开看吗？"

"小朋友，你安静坐在这里等叔叔一下。"

"好。"

她将红包里的东西倒出来，一一在桌上排列整齐。她看着警察叔叔走到后面跟另外一个老老的警察伯伯说话，很快，两个人一起走过来。

"她父母到哪了？"

"我打她电话，父亲联络不上，母亲说要等下班后才能过来。"

"袋子里是什么？"年纪较长的警察一手提起袋子，惦着重量面色凝重。

"锁住了，还没看。"

"小朋友，红包是跟袋子放一起的吗？"他笑容和蔼地问。

女童点点头，指着侧袋，"嗯，就放在这里。"

中年警察看着红纸上的生辰八字和住址，不由眉头一皱，他附耳向年轻警察交待，"你去拿钳子，想办法弄开锁。我看这事不简单……"

牵起女童的手，中年警察满脸堆笑，"你饿不饿，想不想吃饼干啊？叔叔带你去拿喔。"

"叔叔，我想尿尿。"

"哦……这位阿姨带你去。"

上完厕所，女童蹦蹦跳跳回到原本坐的地方。这时年轻警察刚剪开锁头，戴着手套小心翼翼地拉开拉链——

——里头是一个沉睡的男童！

警察松了口气，想叫醒睡着的孩子，却在触摸到男童身体的瞬间，全身僵直、头皮发麻。他连连退了几步，撞倒旁边的椅子，直到靠上桌子仍是满脸惊慌恐惧。

"叔叔，你怎么了？袋子里是什么啊？"女童好奇地望着他，小小的身子努力爬上铁椅，扶着桌沿挺起身，拉长脖子往袋里瞧……

他瞪大眼，瞪着女童纯真无邪地伸手去碰袋子里的男童，开口想喊，却什么声音都发不出来；嘴巴无声的一张一阖，像条濒死的鱼……

"弟弟，你在睡觉吗？"女童轻声问。

女童推推袋子里的男童，男童似乎睡得正熟，没有任何动静。"你为什么要在袋子里睡觉啊？你好重噢，害我搬得累死了！"女童不高兴地继续去摇男童身体，"不要睡啦，睡什么睡，派大星才整天睡觉！快点起来——起床，天亮了！快点——起床！"

"这里怎么这么吵？"中年警察满头雾水地看着现场怪异的情景。这时年轻警察才总算找回失去的声音，他颤抖着手，拼命指着袋子，艰涩而沙哑地嘎声喊：

"他、他……他死了……"

避开前门大批包围的媒体记者。女人用力拉着孩子的手踏出派出所后门，脸上满是不悦。"妈妈……"女童小声叫唤，神情惶惑。

"喊什么喊？"女人口气极差，心中充满怒火。压抑不住怒气，她忍不住对着女童发飙，"你这死孩子，讲都讲不听！就跟你说不要乱捡路上东西，你偏要捡！你看，不听妈妈的话，结果搞成这样！就说小孩子乖乖读书就好，学什么日行一善？我一接到警察电话，还以为你被坏人抓走了……回去看你爸爸怎么修理你！"

狠狠数落完女童，看着孩子嘤嘤哭泣，她觉得自己太过了，于是稍稍放缓语气，态度平和地说："……宝贝饿了没？妈妈去车篷推车过来，你在这里等我，妈妈带你去吃炸鸡！"说罢，便留下女童在警局附近的松树下等候，快步离开。

树梢缝透下洁白的月光，晕染了黑色地面。夜凉如水，风声沙沙，枝影横迭，泛起层层波纹……始终吹拂的风不知何时停了。

女童忍着泪、咬着唇，小声啜泣……心里觉得既无辜又委屈。

"你怎么了？为什么在哭呢？"温柔的男中音低低响起。

她眨着泪眼，乌云遮蔽了月光，雾影朦胧间，依稀见到高大挺拔的身影，曲膝蹲跪在她身前。"叔叔你是谁啊？老师说不可以跟陌生人说话。"哭得惨兮兮的小脸依旧满是认真。

男子的脸庞隐在黑暗之中，瞧不真切，闻言却低声地笑了。"我们刚刚才见过面啊，你不记得了吗？"

"有吗？"女童睁大眼，伸长脖子靠近对方，努力想看清男子的脸。

"有啊，而且你还一直喊我醒来呢。"男子笑着伸手，想捏捏她的脸蛋。

女童看到这只惨白的手，不知所措地后退一步，结结巴巴地说："妈妈说，不能让陌生人碰……"

"你实在太可爱了，从第一眼见到你，我就喜欢你。"男子点点她红通通的鼻头，抚着她红扑扑的脸颊，拭尽上头残留的泪痕。然而手指过于冰冷，女童忍不住打起哆嗦，"所以别哭了哦……我会心疼的。"

他站起身，面容依旧隐在枝叶之间，男子执起女童的手，动作轻柔、饱含怜爱，"走吧。"

"去哪里？"女童仰着头好奇地问。

"回家。"他笑着说。

夜风轻轻吹起，月色依旧美丽，松树下空无一人。

淡出——字幕

每日腥闻

切

周休假日，午餐时间。少年一手拿着吹风机、一手拿着定型液，对着镜子打扮整理发型。母亲的叫唤声连绵不绝地自楼下传来，穿透紧闭的房门以及吹风机隆隆噪音、直抵耳鼓膜。

"快点下来吃饭啊！你同学等很久了！太不像话了！"母亲喊了又喊唤了又

唤，耐心渐渐消磨殆尽。

关掉吹风机，他打开房门，不耐烦地大声回答："我知道，我等下就下去！老吵什么啊！"他搞定头发后穿起外套，帅气甩上门，随即下了楼。

饭厅里香气四溢，桌上摆满家常菜：白菜卤狮子头、红烧肉、珍珠丸子、可乐饼、汉堡排、排骨汤……满室香味四溢。

母亲见他下来，忍不住又开口念叨："你啊，真够难叫！该吃饭不吃饭、该睡觉不睡觉，整天不知道在做什么……真是……"

他无视母亲，径自坐到饭桌前。穿着便服的金毛少年、绿毛少年以及女孩，正一手捧着饭碗、一手拿着筷子，满脸无奈地承受母亲的夹菜攻击。金毛少年趁妇人不注意，偷偷对他比了个中指，他立马反击了回去。

女孩捂着嘴不住偷笑，绿毛少年则露出无语的表情。坐在一旁的妹妹满脸好奇地问："哥，这是什么意思啊？"她扳着稚嫩的小手努力模仿，却不得要领。

少年怕挨母亲骂，忙凶她："小屁孩！学人精！喝你的养乐多啦！"她委屈地"噢"了一声，

低头乖乖吃饭。

"你们等一下要去哪里？"母亲问，随手夹了块红烧肉到他碗里。烧得红嫩欲滴的肉块色相极佳，诱人垂涎。

不想解释太多，少年随口敷衍，"没啊，就是去同学家作分组报告，下礼拜要交。"为防母亲继续追问下去，他忙转移话题："我姐嘞？"

"她去上补习班了。哪像你这么悠闲，睡到中午……"又开启了新一轮的絮叨……

他冷眼看死党们频频窃笑，心里窝火却发泄不出。不由脸一沉打断母亲的碎碎念："那我爸跟我哥嘞？怎么也不在？"

"你哥还在睡啊，昨天搞到凌晨才回来，不晓得忙些什么。我不敢去吵他……你爸一早就出门，也不知道去哪里……真是的，都说要吃饭，又没一个留在家里吃饭，害我煮那么多，白忙活……"

母亲一脸幽怨，又夹了个狮子头和珍珠丸子给他跟妹妹。三个同学也分别

分配到一块汉堡排。"幸好你同学来找你，不然这么多菜都不知道怎么办……你们多吃一点啊，不要客气！饭够不够？"她笑得慈爱，手里筷子没停歇，忙着布菜。

同学们苦笑着接受好意，连声道谢。少年偷偷翻了个白眼，心想：你肯定是不敢吵他，你刚叫魂似的叫我，我哥能听不到？除非他睡死了。

少年扒了口饭，配上油油亮亮的红烧肉，却在入口的瞬间，对肉块的味道皱起眉，不禁问："这什么肉？味道好奇怪……而且也太老了吧，不好吃！"

母亲瞪他，蓦地哭天抢地大闹起来："哎呀，我每天辛辛苦苦煮给你们吃还要被你们嫌弃，有没有天理啊……我怎么这么苦命，不然下次你烧菜给我吃？看看你有没有这个本事……为什么我会养出你这种儿子？呜呜呜呜……"

看傻眼的同学连忙打起圆场，一边劝慰妇人、一边指责少年，"很好吃啊，阿姨，你煮得很好吃啊！比我妈煮得好吃多了……我妈煮得那叫馊水洗菜泔水煮饭……"

"嘿，像我妈从不烧菜的，今天吃到阿姨的菜才知道什么是妈妈的味道……"

"阿姨，下次你教我怎么做菜好不好？"

没人注意一旁的妹妹不知何时睡着了。她靠着椅背，头自然下垂，睡得一脸香甜……

为了安抚母亲受伤的心灵，四个人拼命扫光饭桌上的菜，连汤都喝得一滴不剩。最后才摇摇摆摆地捧着大肚子走出家门。

客厅里的电视正播报《每日新闻》——美丽的女主播笑容甜美如旧……

画面开始收缩，直至变成编辑部剪辑显示器里的一段静止画面。

剪辑室里，看着屏幕上的画面，实习记者忍不住长吁了口气。突然有人从后拍了拍他的肩。

"年纪轻轻的，叹什么气！"前辈单手端着两杯咖啡，腋下还挟了厚厚的档案袋，表情一派从容。

"老师……"身为刚入行小菜鸟的他，忙挺直背脊，正襟危坐。

老记者哈哈一笑，"放松点，搞那么紧张干嘛，我又不是领导，不会扣你薪水啦。"说完顺势将咖啡递给他。

"谢谢老师。"接过咖啡，轻啜一口，温热的液体滑入喉间，苦涩中略带丝甘美，实习记者紧绷的神经终于舒缓了。

老记者随手将刚拿到的稿子递给他，"弄得怎么样了？"老记者盯着屏幕，里头受访的店员只露出半边脸，无声地张嘴说话，底下字幕——

我不清楚，我以为他们是在玩惩罚游戏。因为两个人都穿一样的衣服、骑同款车，连动作都一模一样……是挺奇怪的啦，不过服务业本来就会遇见很多奇奇怪怪的客人啊。

"差不多了……最后再顺一遍应该就ok……"实习记者读着稿子上的标题，眉头越攒越紧，终究压抑不住久积在心的困惑，嗫嚅地开口问："老师这样……真的可以吗？"

老记者挑眉笑了，"哪里不对？"

"我是说这样的内容，发出去没问题吗？"他依序将标题读出："《诅咒之家专题系列报导》《连环神秘失踪都市惊现百慕大》《夜市喋血之黑帮少女》《离奇死亡车祸：本尊与分身同赴黄泉》《校园大逃杀》《封存18年 干尸娶活新娘》……"

实习生又重重叹了口气，满脸黑线："这标题……也未免太夸张了吧？搞得这么……"

"呵呵，你想说低俗是吧？这有什么办法？一切都是为了收视和点击率啊！"老记者耸耸肩，表情漠然。"更何况你认为观众真的在乎什么是真相吗？他们真正在乎的是：这则新闻够不够话题性和人闲聊、能不能娱乐到他们空虚的心灵——更何况，现在的机器算法早给你安排得明明白白的，想要点击量就得按大数据来，说白了，我们只负责投喂。"

"可是，可是我们在学校学的不是这些……"

看到实习生满脸惊诧，老记者伸手拍拍晚辈的后背，语重心长地说："忘记你在学校学的那些东西吧，早就不合时宜了。如今的新闻，并不是记者去跑出来的，而是靠我们做出来的。反正你就不要想这是新闻，当自己在做网络电影好了，这种电影也不是科班人在拍嘛……"

沉默了一下，实习生猛地拍桌，夺门而出。

"现在的毕业生啊……还是幼稚……"老记者摇摇头，继续检查画面，他轻轻移动鼠标，在右侧加上几个小字：模拟画面。

此时，工作群的聊天窗口弹出了新消息，"嘿，又有素材进来了。"他喃喃自语，点开传过来的视频片段——

屏幕中的妇人，掩面跪地嚎啕大哭，嘴里不断呼喊着些什么。泪水不断自她特写的脸庞上滑落……可能是过度悲伤，妇人顿时晕厥了过去，现场一片骚乱……"死的死、失踪的失踪，全家只剩她一个，也真是太惨了……"

厨房瓦斯炉上未加盖的汤锅滚得正欢，略呈粉色的头骨黏着血沫，在沸水中载浮载沉……

画面收缩，直至变成电视屏幕里一段静止画面。

漆黑的客厅，唯有电视屏幕发出微弱的光。坐在沙发上的女人，轻声哼唱着摇篮曲，哄着膝上的孩子……她缓缓对着屏幕，露出微笑。

"宝宝睡，乖乖睡，窗外天已黑……"

全片完